閣樓裡的少女

やねうらのにしょじょ

吉屋信子
よしやのぶこ
常純敏●譯

目次

第一篇　藍色三角形的小房間。　005
第二篇　貝多芬第十五號鋼琴奏鳴曲。　075
第三篇　我的神，我的神，為什麼離棄我？　119
第四篇　瀧本同學，我們一起住吧。　171
第五篇　我們的閣樓啊。再見了！　229

藍色三角形的小房間。

第一篇

藍色三角形的小房間。

一

那天晚上——

章子站在L小姐的起居室門外。

為了告訴L小姐自己明天早上要離開住了快兩年的宿舍，她現在必須打開那扇門。

篤、篤——

章子用指背敲了敲門。

「請進來——呀——」

房內登時響起尾音怪腔怪調的日語。

篤、篤——

就連在門板上敲出些微輕響，眼下對章子都已是竭盡全力。

可是，她必須回應裡面的聲音、再開門，最後還得走進去，唉，那一刻是何等煎熬！

「請進來——呀——」

聲音再次從裡面響起。

章子終究是開了門——步入其中。

你可看見她胸口沉甸甸壓著一塊棄置在機械工廠髒亂昏暗角落的烏黑鉛塊？

章子的心情便是這般沉重苦澀。

章子看見了。

她看見了那一幕！

L小姐剛結束晚餐後的祈禱，正準備迎接恬靜的夜晚，她坐在熟悉的搖椅裡，膝上擱著一只陳舊的針線包，以粗大的棒針鉤著茶色毛線——就在房門開啟的剎那，L小姐的臉孔——驀然抬起的時候——

那張臉上浮現某種堅硬物質的光影。是的——如果章子用手指輕叩L小姐臉上漾起的表情，恐怕——

鏗鏘……

肯定會發出這種清脆聲音。

在綠色傘狀檯燈下打毛線的外國老太太，很容易讓人聯想到——童話故事書扉頁的三色印刷插畫。

然而，眼前的現實卻不容章子如此遐想。

若是外觀已然步入垂暮之年、滿頭白髮、枯瘦如鶴，又或者像喜劇電影裡登場的麵包店胖奶奶，假使L小姐是這種類型——那麼搭配檯燈、古董搖椅、針線包、老花眼鏡，再加上老桌子和書架，以及牆上密密麻麻、大大小小的古老宗教畫和舊照片——這樣的場景，或許會讓人產生走進某個童話故事劇情中的錯覺。

可是，不管那些道具再怎麼努力，房間主人L小姐的強大氣場硬生生將所有幻想一筆抹煞。

L小姐尚未步入垂暮之年，是一位中年單身女性。

雖不年輕，卻也不老——介於兩者之間，稱不上老小姐，又難以稱之為母親——儘管L小姐自己總愛笑著說：「我是好多好多宿舍女孩們的媽媽吧。」但這口頭禪終歸是一種寂寞的自我滿足罷了。

話雖如此，她跟老奶奶更加搭不上邊。

對章子而言，這無疑是不幸中的大不幸。

難以忍受的沉默——

章子是何等粗心大意？她既未戴頭盔，亦未拿盾牌，就這麼站到 L 小姐面前。

然而，章子本來就沒有頭盔和盾牌。

她只能垂首站在燈光陰影中，胸口壓著沉重鉛塊，以孱弱肉身應戰。

啊啊，章子從形形色色的人們那裡挨過的鞭笞不知凡幾！

那一道道鞭痕，成為一段段教人不堪回首的痛苦印記，迫著章子飲盡一盅苦澀濃烈的淚水——

豈止如此——更見一隻漆黑巨手將一盅盅苦上加苦的淚水不斷遞到章子面前——

而今——

她等著 L 小姐揮鞭。

章子靜立。

但願有人為她祈禱！

啊啊，任何人都好，哪怕是跪在路邊的一名乞丐！

章子只盼有人為她祈禱。

但願有人為她祈禱。

但願有人為她祈禱。

如果找不到人為她祈禱，至少希望有人可以理解她此刻的心情！就算是垂死的痲瘋病人也好——她希望有人理解自己！

倘使那位痲瘋病人說：「我完全明白妳的心情。」

章子想必會緊緊握住那雙手，親吻那人嘴唇，哭著感謝對方吧！

哦呵。

活在塵世間的眾生，難以計數的眾生，其中竟無一人願意為眼前的章子祈禱，去理解她的心情。

可是——這種想法——令人汗顏。

身而為人卻萌生此等妄念，是何其可悲不幸？

更何況章子一再巴望這種求而不得的祈禱、絕無可能的理解。

溺水者不會放過任何一根稻草，章子卻屢屢陷入連稻草都不可得的絕望不幸中。

「瀧本同學，妳有什麼話要給我嗎？」

L小姐就只問了這麼一句。

她此時既已重新開始手上的編織，眼睛盯著毛線。

這句結構奇怪的日語，可以理解為她在問章子找自己有什麼事情。

那表面的意思下——字裡行間的語氣中，章子聽見了一種——昭然若揭的冷漠固執。

活似在寒夜拿起水瓢洗手，卻發現整個容器凍結了一般——

「我……明天……要離開宿舍了……謝謝您……長期以來的照顧……在此表達我的謝意。」

她本想這麼說的，怎奈句子後半段在嘴裡糊成一團，並未化作聲音穿越空間，敲中L小姐的耳膜。

最起碼重點有傳達到。

L小姐的臉色彷若從內部石化般僵硬。

兩隻眼睛——

糅合了茶色與藍色，有些迷濛的小眼睛——

這雙眼有多少次在章子面前展現種種瞬息萬變的情緒呢？

有時，眼中亦會浮現仁慈親切和寬大的笑容。

而今，那眸子明顯流露狼狽萬狀的憤怒——

「Oh！Are You……？」

L小姐一副氣急敗壞的模樣。

一時的衝動甚至——讓她丟下平時引以為傲的流利日語，母語脫口而出……

「妳為什麼要離開？有什麼原因嗎？」

面對L小姐的怒聲詰難，章子愣然不知該如何回答。

她覺得自己渾若被石臼壓榨的菜籽，背部和頭頂壓著沉重巨石。七月考試結束後，她拖著心力交瘁、精疲力竭的身體走進這個房間——彼時，她累得連話都不想說，意興闌珊地倚在走廊通風用的窗邊。

章子有氣無力地靠著窗，甚至沒察覺身後的腳步聲，猝然被人拍了拍肩膀。

「瀧本同學，到我這裡來。」

L小姐這般命令。

她站在章子後面，要章子抬起沉甸甸的雙腿跟她走——雖然並未真的出聲催促，章子仍舊感到一股被人拽進房間的精神壓迫。

於是，就在此處這塊褪色的灰地毯上，章子坐進一張椅子，頂著透窗射入的溼熱、粘稠、虐人的午後陽光，聆聽L小姐喋喋不休的訓斥。

L小姐如是說：

妳作為學生是懶惰的。

作為基督徒是缺乏信念的。

因此，作為本宿舍的學生是不恰當的。

她又絮絮叨叨說了許多事，最後要求章子好好反省上述缺點，在暑假期間改過自新，成為一個好孩子之後再回來宿舍。

L小姐如此命令。

末了，還煞有介事地加上一句警告才罷休。

她說：「假如妳不按命令改正自己的性格，我就只能讓妳退宿了。」

——也許是意識到擁有最後勝利的自己身為舍監的權力，L小姐春風滿面——章子永遠忘不了那副嘴臉。

章子卻也恨不了她！

L小姐——這位真性情的外國老太太。

宿舍的學生們竊竊私議：

「可憐的L小姐！讀什麼神學院當傳教士真是她一生最大的錯誤，要是她結婚了，肯定會是在廚房節省麵粉的賢妻良母呢！」

章子不曉得該如何在暑假期間改正自己的心態，從那時起——她就認定九月新學期一回到東京，必須按對方要求搬出宿舍。

於是，章子在秋天返回宿舍的隔天，強忍內心萬縷千絲的酸楚走進這個房間，提出退宿申請，沒想到——

為什麼要離開？

有什麼原因嗎？

——L小姐的失憶症實在太殘酷了。

沉默——莫可名狀的痛苦無聲時光瀰漫整個房間。

一個細微的聲音響起！

啊啊，伴隨那細小微弱的聲音，一根細細長長的白象牙棒針——滑落到地毯上。冷不防——因為這意料之外的變故，章子猛然抬起一直無力低垂的雙眼，朝L小姐的臉孔看去。

哦呵——

就在這瞬間……

章子如石頭般僵硬站立的身子驀地一晃，劇烈顫抖起來。打從走進房間至今，胸口壓著的舊鉛塊無聲無息地消融——

L小姐！

L老師！

啊啊，糅合了茶色和藍色的那雙眸子此刻盈滿淚水——

水藍鎢絲燈的陰影中——人影朦朧——

膝頭附近，打到一半的毛線即將滑落，針線包亂成一團。

「哦呵，連妳也要——離開我身邊——」

確實如此。

在章子之前，也有好幾名退宿生——因為跟Ｌ小姐不合而搬出宿舍——章子亦曾多次目睹她們離去的背影。

同時，她也見過Ｌ小姐目送退宿生離去的落寞身影。

好比不慎散落一地的東西，要七手八腳地揣回懷中並非易事，章子委實不知該如何收拾整理當下的情緒。

Ｌ小姐！

原來妳也是會感到寂寞的凡人。

事到如今，我可以帶著這分感動離開妳的宿舍，也算得上是一種幸福——這是章子與Ｌ小姐來往期間留下的最後一道印記，唯一獲贈的幸福。

章子拾起這份小小的幸福禮物，禁不住落下淚來。

二

出了宿舍大門右轉，穿過房屋林立的小巷，來到一條寬敞大道，畑中老師的家就位於路口右角。

現在，章子正走在這熟悉的小巷。

恍如被追趕的羊兒——

懷裡揣著一張摺成四分之一大小的半紙01——退宿申請書。

老師在玄關盡頭一間不透光拉門敞開的書房裡。

他背對一整面塞滿外文書的書牆，冷峻面容在淡淡的雪茄煙霧中若隱若現。

浮現在雪茄煙霧彼方的臉孔。

「冷峻」一詞仍不足以概括那張臉孔。

例如在某些有趣時刻，或者在他自己說完話，忍不住發出渾厚響亮的笑聲時，雙眸渾似陷沒在額角兩側細紋內，隔著眼鏡綻放銳利光芒，嘴巴在白鬍鬚下大大張開，臉頰變得圓潤飽滿，那瞬間又直似溫柔孩童，顯得親切無比。

每次見到老師的笑容，章子便感到他是胸襟寬廣之人。

貼近對方就像倚著大樹！

無論是過去的經驗，抑或是現在的心境，章子都將老師視為英雄人物，也曾有一段時間全然敞開心扉，深深依賴對方。

然而，那不過是黃粱夢一場——不，是一種錯誤的自我陶醉。

所有的陶醉布幕皆被無情撕毀，棄置街頭——

這冰冷事實儼如一條銀鞭，狠狠抽打在愚蠢少女的頭上，她素來自欺欺人，過著可憐、卑微的生活。

欺騙他人者，尚有挽救之餘地。

自欺欺人者，其悲慘無藥可救。

跟著畑中老師求學那段日子的自己，顯然是後者——章子見證了自己那副可憐兮兮、毫無生存價值、半死不活的醜態。

畑中老師為了甩掉自己肩上的責任——原本代替章子家長承擔的責任——拒絕擔任章子的授業老師和監護人（這決定對任何人來說都是理所當然）。

在接到這個拒絕宣告前，章子本該速速辭別老師才是。

………

章子悄然無聲地（沒有其他詞彙足以描述此等狀態）——坐在畑中老師書桌前的椅子上。

這把至今不知坐了多少次的熟悉舊椅子——今天過後，自己這副身軀恐怕再無機會貼著它了吧。

背叛了畑中老師夫妻，這個輕浮、懶惰、一無是處的鄉下姑娘——偏生又不知天高地厚、毫不可愛、前途無亮的女孩，只消一個印章，就能跟她徹底切割——但見一個清晰的印記捺在保證人名字下方。

退宿通知單

瀧本章子

右列學生如本通知單所示申請退宿。

保證人　畑中幸藏

章子親筆寫好帶來的退宿通知單，便似某種重要票據，再次回到她手裡。

一時糊塗扛下保證人之職，不但要督促課業，還得作保讓章子住進L小姐的宿舍，照顧這令人咋舌的草包低能兒——章子必須正視自己給畑中老師夫妻帶來多少不快和悔恨。而正視了這個事實，又為她帶來何等難挨的恥辱和痛苦呢？

夫人現身。

「都九月了，還是這麼熱呢——怎麼樣？您家裡的人都好吧？」

她對章子說了這麼一句女性社交場合的普通問候。

章子既失落又哀傷。

真要說的話——真要說的話，章子認為兩人交情並未好到有資格讓對方詢問或告知自己家人的情況，倒不如以一種苦悶，但絕對真誠、毫無保留的方式，坦蕩蕩地結束彼此的關係。

當章子站在玄關的三合土上鞠躬道別，夫人擺出和藹可親、飽經世故的笑容。

「以後常來家裡玩呀。」

她輕描淡寫道。

章子既失落又難受。

她希望對方能以最赤忱自然的面貌結束一切——縱使得經歷同樣的心碎結局，至少能大幅減輕她的痛楚。

夫人身後卻見畑田老師——站在光線微暗的書房門口一根柱子前方，默不作聲地望著玄關這頭的章子。

如此這般，兩年前的秋天——造訪此間，乞求這對夫妻保護與教導的年輕女孩——在這個秋日——即將離去……對此，畑中老師夫妻心底若是湧起寂寞之情，哪怕只有一絲半縷——老師沉默苦澀的神情、深深刻劃在那張大臉上的皺紋、焦灼的眼光——其中是否蘊藏著對章子離去的悲愁呢？章子垂首而立，在那塊今後再無立足之地的三合土上，落下自己最後的影子。

格子門的鈴聲響起。

章子背上感受來自畑中老師夫妻的凝睇，或者單純只是視線——她悶懨懨地低頭離去。格子門外，矮棕竹盆栽的葉子在清冷晨光中閃閃發光。

矮棕竹盆栽和黑色木板門一如兩年前的秋天，章子和畑中老師夫妻的心境卻已不復當年秋季。

章子感到熱淚在體內奔竄。

「喂喂喂，危險，到這邊來。」

畑中老師的渾厚嗓音自章子身後傳來，接著似乎還說了些什麼。門前的道路上，畑中家的男孩們正騎著三輪車玩耍。

對章子而言，那些孩子亦曾是她的忘年之交啊。

章子沒有回頭，低眸朝小巷走去。

畑中家玄關傳來兩夫妻與街上孩子們的談笑。此時此刻，站在玄關的兩夫妻多半再也意識不到章子的存在了。

夫妻眼中盡是寶貝兒子們的身影，兩人全副心思都集中在孩子們遊戲伴隨的危險上。至於兩年前尋求兩人庇護的年輕女孩，如今則是拖著戰敗者落魄、悲慘的影子，被驅離他們身邊——那渺小卑微的身影，連徘徊兩夫妻意識角落的價值都蕩然無存。

啊啊！忘卻！

願一切都被忘卻。

如此這般，生命終將被世人遺忘，永恆流轉！

忘卻、忘卻。
願一切事物、所有存在，皆歸於忘卻。

河畔一株勿忘草
花瓣淺藍如青空
水波，逐一親吻花朵
轉眼，悉數忘卻流逝。02

所有生命終將流逝
所有生命都將被遺忘！
啊啊，理應如此。
理當這般，直到永遠！

忘卻——甜蜜芬芳的媚藥啊。
章子欲以痛苦糜爛的櫻唇飲盡它。
請賜予我吧，忘卻之酒——

滋潤在苦火中煎熬的乾涸雙唇。

章子祈禱哀求了多少回？

然而，凡塵眾生必然——自然能夠獲得的這一滴忘卻之泉，章子卻吸吮不得。從出生一路走來，哪怕是滾落路旁的一顆小石，章子都念念不忘。

自己不啻是路邊一株野草，注定被世間旅人轉瞬遺忘——但為何？為何唯獨她、唯獨她必須將纖弱之身難以承受的種種烙印，這般深深打在靈魂最底端？

隨著年華老去，L小姐遲早會忘記章子——眾多搬離宿舍的女孩之一。

而隨著進出書房的莘莘學子一再更迭，畑中夫妻也會將章子拋諸腦後——曾經瑟縮在兩人羽翼下尋求庇護，兩年後又離開的女孩。

更別提在畑中家書房跟章子圍桌談笑、啜飲夫人手沏紅茶的那些人，又有誰會將章子的面容留在心版上呢？

在宿舍食堂並肩吃飯的住宿生啊，那幫人之中又豈會有記得章子的痴兒？

於是乎，所有人終會忘掉章子，可只有章子——唯獨章子，將被不斷湧現的回憶和執念吞噬，直到全身燃燒殆盡兀自放不下那一張張面容，以及彼此心靈碰撞交織出的無形銀絲，甚至捨不得放開那斷裂的線頭——然後，她將會為那些斷裂的銀絲淚流滿面，一遍又一遍地哀嘆逝去的時光。

三

一輛載著行李的板車從宿舍大門駛出。

只見一位老車夫，頂著夏末日益耀眼的午後驕陽，拉著嘎吱作響的車輪離去。

章子拎著裝了隨身物品的小包袱和一把陽傘走出宿舍。宿舍庭院兩側的草坪灑滿陽光。

住在宿舍的時候，章子養成了天天在這塊草坪上獨自漫步的習慣。

這塊草坪上每一棵樹的樹幹，章子都曾多次斜倚，或者在樹蔭下乘涼。

廚房窗前的鬱金櫻。

暮春黃昏——章子穿著一雙輕巧的草鞋踩在草地上，來到那棵樹下。

宿舍窗裡傳來風琴聲——雖是《讚美詩集》再熟悉不過的簡單旋律——章子聽來卻有如高貴神祕的古世紀名曲片段。

淡白色的花朵飄落章子的秀髮和肩上，地面凋謝的花瓣哀愁無限！

那一片片的白色花瓣都恰似「少女憂愁」的化身。

同為美麗的櫻花家族，那花兒不與群芳爭妍，獨選在暮春寂寞綻放，讓章子感到一種親切的孤獨！

猶如脆弱昆蟲踽踽而行的芸芸眾生，失去生命應有的頑強光輝，徒餘絕對的懷疑——鬱金櫻不惜將近乎透明的蒼白花瓣灑在他們褪色的人生道路上，化作一道微光指引……

就這樣，令章子泫然欲泣的鬱金櫻成為昨日宿舍的傷心回憶，壓在某本泛黃舊書裡。

章子淚眼望向樹梢道別時，但見枯葉從枝頭撲簌簌飄落。

啊啊，萬物凋零的秋季！

章子拭去潸潸淚水，在驕陽下俯首離去。

章子站在十字路口，目送板車載著自己的行李，頂著陽光沿護城河駛去。

只剩女孩煢煢孑立十字路口，愁腸九轉淚汍瀾，一切事物於她再無關聯。

一群年輕女子撐著五顏六色的陽傘，在落葉紛飛的行道樹蔭下穿梭，旖旎的衣袖和下襬染滿夏末餘韻——

恍若每一個人都擁有專屬青春歲月的「約會日」——

街頭年輕男子身穿輕盈的秋季西裝御風前行，襯衫胸前的領帶隨風起舞，他們揮舞著銀光閃耀的細手杖，紅皮鞋鞋尖在鋪石街道橐橐作響——

彷彿每一個人都被多到做不完的幸福工作追趕——

啊啊，天底下的一切都與章子這般格格不入。

他們的臉孔是多麼地耀眼。

他們的腳步是如此地輕快。

那是全然肯定上天賜予的人生，閃閃發亮的身影吶！

章子佇立街頭，感到一絲秋日涼意，心中滿是無奈孤寂。街頭熙熙攘攘的人群，盡是光明幸福的擁有者。

豐沛的生活能量——愉悅的感官享受——對於舔嘴咂舌等待下一道菜的那群人來說，生活是何等美味芬芳呢？

若能有一位盲女走過這條街——章子將會多麼高興？她願意伸手為盲女指路，陪她流浪到海角天涯、萬水千山。

緊緊握住盲女的手——這才是徘徊街頭的女孩該過的生活啊！

章子怔立街頭之際，時光如水流逝。

淚水如斷線珍珠滑落臉頰，她只得低著頭逼自己上了電車……

章子的位子前方，一位婦人背對她站立。嬌軀繫著染了麻葉圖案的白底腰帶，宛如一首喟嘆逝去夏日的小曲，蕩漾著難以言喻的愁緒——

每次遇到跟自己活在截然不同的世界，那些千嬌百媚、花枝招展的女子——章子便對她們的美麗幻影萌生一縷縹緲哀愁和淡淡憧憬。

大約從十五歲起，章子就生活在——充滿了讚美詩歌、祈禱、禮拜、學校教室和外國傳教士的環境中——被迫遵循某種偏頗的思維模式，但她知道自己前方還有一個尚未開啟的世界，也曉得那個世界裡埋藏許多自己還沒發現的事物。

陌生的領土！

未知的經歷！

修道院高聳的灰色窗前，沐浴在迷人的月光下，年輕修女遙望彼方城市的美麗燈火，聆聽那裡傳來的歡聲——她們心中那分寂寞悸動，章子感同身受。

聖者躲不開的無限寂寥！那是鐫刻在聖者老邁的額頭上，高貴恬靜的光芒。噯，話雖如此，對於尚未成聖，靈魂猶自在黑暗塵世徬徨的年輕人來說，永無休止的寂寥才是世間最痛苦、最可憐、最令人心碎的人類悲愁吧。

四

頂著城市正上方的夏末烈陽，ＹＷＡ的灰色建築巍然聳立。

鼠灰色的低矮門柱兩側連著跟建築物同色的土牆，替章子搬運行李的板車就孤零零地停在門柱旁。

那位老車夫正站在玄關玻璃門外等待行李主人，泛著豆大汗珠的一張臉又厚又皺，形若松樹皮。

章子從正門走向建築玄關，鋪著三合土的通道被太陽晒得滾燙，隔著鞋子在腳下發出嗶嗶剝剝的聲響。

左側套用部分日式庭園結構的一小塊黑土上，種著形形色色的常綠樹，幾塊景觀石擺放其間。

那些石塊被晒得乾裂，常綠樹泛黑的葉片上好似積著一層薄灰。

正面玄關屋頂有一座原木組成的三角破風，掛著青銅燈籠。諸如——簡陋的小庭園、在城市汙濁的空氣裡透不過氣來的庭園樹木和景觀石、灰色洋樓前方的原木破風屋頂、晃晃悠悠的燈籠等等，這些景物在在展現洋人眼中獨樹一幟的日式風情。

推開玻璃門一看，還有一扇醒目的原木大門位於建築內部後方，入口大廳空間開闊，而章子的行李就堆放在那扇門邊。

章子將託運店家單據上記載的運費，放在車夫因繁重勞動變得醜陋粗糙的手掌上。

車夫用髒兮兮的舊手巾拭去汗水，連連鞠躬後離去。

章子隔著玻璃門，靜靜目送老車夫在豔陽下重新拉車走向都市街道的背影。

唉呀，對了——除了他掌中那份雇主要求的運費——對於幫自己搬運行李這個難得的緣分，她也想送對方一點東西——

幾經猶豫，章子終於鼓起勇氣，握著一小枚銀幣再次跑出屋外。

板車已經拉到大馬路附近，章子不得不跑了一段不短的距離。

氣喘吁吁的章子好不容易來到老車夫身邊。

老車夫眼愣愣地愣在原地，章子羞答答地將一小枚銀幣輕輕遞到對方掌心。

章子站在路邊目送，直至板車消失在九段坂03附近車來人往的街頭。

那並非出於所謂的人道主義，亦不是宗教行為，更不是自古流傳、沾染了俗世氣息的慈善救濟，對方只是在某個機緣巧合下幫助了自己。老車夫接過章子的行李，搬上車，替她運送到此。

替自己扛下一部分的生活重擔，幫助自己的人——對於這個人，章子不由得有些傷感眷戀……章子逃離過去的世界、背棄眾人，決意展開全新生活，而這個人在她搬家過程中，為她承擔了大部分的搬運工作，讓章子心生一股難捨難分的依戀之情。

啊啊，夏日老去，初秋的太陽越過中天，環繞整座城市。

章子淚眼婆娑，茫然兀立——街上行人來來往往，對這名失魂落魄的女孩投以冷笑，漠然離去。

章子低下頭，沿著樹蔭再度回到灰色建築物內。

五

或許因為天花板、地板、柱子和門片都採用生機勃勃的原木，即令在建築內的靜謐幽暗中，仍有一種明朗氛圍流動其間。

只見寬敞的大廳地板一隅，被人丟棄似的堆放著兩件行李——章子孤身站在一旁。

「上次衣衫不整的，真是失禮了——」

一位身材嬌小、氣質優雅的老太太站在章子面前如此寒暄。

上次……失禮……這是跟見過面的人打招呼時的尋常用語——章子聽了卻是渾身僵硬，因為她打算好好講上一段初次見面的正式問候，原本已經夠慌亂的她此時越發狼狽，心怦怦跳得厲害。

老太太是ＹＷＡ附設女子宿舍的舍監。

七月底——被考試折磨得心力交瘁、驚恐不安，再加上被Ｌ小姐狠狠打擊之下，章子方寸大亂——若要用老掉牙的說法，總之她就像小說裡經常出現的那種遍體鱗傷的野獸，喘得上氣不接下氣，六神無主地跟著志摩來到這棟建築。

志摩以前跟章子一樣住在Ｌ小姐的宿舍，但她說：「如果一直待在這種地方，變得人不像人，鬼不像鬼的，可就麻煩大了——」某天忽然轉到ＹＷＡ宿舍來。

當時，目睹那迅雷般離去的身影，章子內心甚是難過。章子與志摩兩人都畢業自鄉下的教會女學校04，並接受母校的補助，只不過志摩在各方面的條件都比章子來得好。即便條件不如人，章子決定無論如何都要離開宿舍——苦無良策之下，於是向志摩求助——

「妳終於忍不住逃走了嗎？」

志摩促狹一笑。

彼時志摩既已通過三月的入學考，住進上野公園裡的學校宿舍，她還特地從那兒過來帶章子到以前寄宿的ＹＷＡ。就是這天，章子第一次見到舍監。

舍監貌似剛洗完衣服，身上穿著一件略顯破舊的浴衣。志摩婉轉透露章子想要入住的意思。打從舍監出現在二樓辦公室的桌子前面，臉上便一直掛著燦爛的笑容。

章子看上去就像一隻傷痕累累的野獸——狼狽不堪，活似受盡孩童欺侮、渾身溼透、垂頭喪氣的可憐小狗，惴惴不安地想著自己能否入住。

然後——

當時，舍監就這麼面帶笑容，定睛觀察在志摩身後縮成一團、畢恭畢敬的章子。

章子回鄉下舅舅家的暑假期間，舍監寄來一張明信片。

明信片上說，有一個房間空出來了，如果章子想入住，請跟她聯絡。

章子在長條紙捲上回了一封彬彬有禮的毛筆信，直如女學校課本裡七拼八湊出來的內容。

如此這般，章子今天帶著行李來到ＹＷＡ。

她愁眉苦臉地跟在舍監後面走上樓梯。

大廳的樓梯有兩處，一處是氣勢恢宏的原木樓梯，扶手前方的柱頭嵌著洋蔥狀的擬寶珠——略帶異國風情的設計。章子之前跟志摩一起去辦公室時，走的就是那段樓梯。

可是，今天走在前面的舍監打開了另一扇門——一扇掛著薄紗門簾的玻璃門——繼而走上門後一道由小片褐色木板組成，看起來乾巴巴、硬邦邦的樓梯。

章子也跟著上樓。

一鼓作氣走完這段樓梯，同樣的褐色房門出現在兩側，盡頭處則是這棟建築的制式矩形窗戶。

然後，樓梯再折返向上延伸。

真是複雜到了極點——這棟建築物的結構正如舅媽掛在嘴邊的口頭禪。章子當時暗想，要是一個人被丟在此處，很可能會迷失方向。她甚至覺得自己正在一座好大好大、好高好高、好宏偉好氣派的聖殿中前進。

「實在很抱歉——三樓目前都住滿了——只剩四樓一個小房間還空著——您先在那裡委屈一下，等樓下有空房再下來吧。」

舍監一邊上樓，一邊對低頭走在兩三階之後的章子說。

「好的。」

章子柔順應道。

走完第二段樓梯，前面是一堵牆，兩端也有走廊延伸出去——左側有一扇敞開的門，門的內側和旁邊也都連著走廊。章子沿著左側牆壁前進，發現前面也有許多同樣是褐色門窗的房間。經過時，章子感到那是打掃得纖塵不染的寬敞空間——裡頭靜悄悄的，一點聲音也沒有——這或許亦是房間顯得如此美好的原因。

穿過房門和牆壁之間，側邊又連出一條走廊，到盡頭為止都是一間間相同外觀的房間。那造型已逾越所謂的異國風情，只能用日西合璧來形容——但見洋樓寬敞的走廊上硬生生冒出一扇又一扇的日式拉門，黑漆木框上糊著高級白色唐紙。盡頭那間格外寬敞的房間拉門敞開，一張又一張的桌子沿著房內兩側牆壁緊密排列，桌上整整齊齊地擺著一台又一台的打字機。

章子瞥見裡頭有兩三人。

過了那間房，側面牆壁有一個壁櫥——正中央有一扇細細長長的對開門，半掩著的門內隱約可見一小段下行樓梯與上行樓梯在近處交會。走廊盡頭呈丁字形，右則盡頭有一扇大型玻璃門，將遠方蒼穹切成了半圓形。

舍監轉入左側走廊，走了四五公尺，冷不防停步。

左側盡頭是一整面跟走廊同寬的窗戶，窗外是塗著朱紅漆的欄杆——色澤極深，想來是玄關屋頂那個日式風情的裝飾在此延續，化作深紅色的柱子。

「這上面是四樓。」

舍監仰頭說。

「是。」章子再度柔順應道，抬眼望去。

章子恍惚間覺得自己就像進入敵國王宮的使者，戰戰兢兢地隨敵人在堡中遊覽——又好似童話故事裡的勇士——雖然是相當畏畏縮縮的勇士，依舊在這座不斷延伸擴展的建築內挺進，終於抵達此處。

這裡是四樓入口。

時值午後——所以方位大概是朝西，陽光從那扇將蒼穹切出一個半圓的玻璃門淌入室內，在丁字形走廊拐角拉出一道斜長暗影。光線一路灑向通往四樓的長方形入口，其上是朱漆欄杆投射的深紅色光影，影影綽綽，拼圖般斜切至走廊彼端——

四樓入口處——直至樓梯最底層台階，以及與走廊連接的邊緣為止，都被塗成深邃的黑。

舍監等章子停在該處，這才舉步上樓，她抬起一隻手，伸指觸摸窄梯兩側牆上的黑色凸起，雖未發出「啪」一聲輕響，卻在她扭轉那東西後，驟然間——一片柔和紅光從頭頂灑落，迅速擴散開來。

章子不知何故，忽地——感到一陣奇妙的謎樣喜悅，拾級而上。

沐浴在自高處傾瀉——迥異於白晝日光的燈光中——章子一步步走上細細長長的樓梯，彷彿脫離了現實世界，潛入某個神祕國度——內心雀躍萬分——直如孩童般欣喜若狂。

在這裡，章子可以不再將自己比作前來敵國城堡的勇士，而是一名披甲登塔的英勇少女，前來獵捕傳說中住在古塔頂端的妖怪。

啊啊，塔！是塔！

這裡真的是塔頂。

前一段樓梯之上有一小方平台，側面和正前方都釘滿了跟樓梯相同的褐色木板（貌似上等木料），如懸崖般筆直向上延伸。舉目望去，樓梯口環繞著一圈線條工整的褐色欄杆。那道稜角分明的欄杆上方是一片寬廣無垠的空間，高度難以估量。

不過，再仰首上望，卻見那片空間上方覆著渺渺天幕般的天花板。而它，就是這座城市某棟大型建築的頂樓天花板。

倘若打穿它，便能看見浩瀚無際的藍天——以及飄散其間的朵朵白雲吧。

章子和舍監此刻佇足之處只是樓梯的中段——從那裡轉身，再爬一段階梯，抵達更高處的平台——方才真正立於這棟建築的頂樓地板上，亦即鋪設在所有房間上方的最高一層地板。

「您一定很驚訝吧？宿舍始終人滿為患，所以我們不得不改裝四樓儲藏室，好讓大家都能住進來——」

舍監一邊走上第二段樓梯，一邊解釋道——走完第二段階梯，只見相隔不到兩尺的正前方，一根角柱將空間隔成兩半，兩扇門呈八字對立。那房門、角柱，乃至於周圍的木板牆都跟剛剛走上來的褐色樓梯截然不同，是紋理粗糙的廉價板材，由外行的莊稼漢漆成深藍色再隨意釘上般，看起來歪七扭八。

這些木料跟樓下大廳和樓梯大相逕庭，年輕的木頭表面布滿木節與傷痕——就像臨時搭建的出租房舍院子外圍的嶄新木板牆——乍看下還以為距樓梯口兩尺遠的位置，憑空懸掛著兩間藍色小屋。

「就是這裡空出來了——」

舍監握住粗糙門板上的銀色（想當然不是純銀）金屬把手，向外拉開。門板吱呀一聲開啟，差一點兒撞上樓梯欄杆的角柱。

一部分的明亮室內空間倏地浮現眼前——微微清風無聲起舞，從陡然開啟的門後匆匆逃出，吹得章子兩人的袖兜飄擺不定。

以日本和室的面積計算方式來說，房間感覺上有四張半榻榻米05大——隔著一道藍色門板的房外是褐色的樓梯和木地板，而以門板下方五寸寬的門檻為界，房內鋪滿了榻榻米。可是，它們看起來並不像一般的榻榻米，更像是草編的簡陋Carpet——沒錯，就像常常在故事裡出現，南方島國的可愛原住民在小屋裡鋪的那種草蓆。而這塊草蓆般的榻榻米，為了配合兩個呈八字對望的小房間地板線條，不得不將原本方正的外形裁切成奇異的形狀。

房門下方入口處的第一塊榻榻米裁切成三角形，鋪在其他榻榻米的最前面。三角形的榻榻米——它是房間整體的象徵。

正如四張半的方形和室，擺在門口讓人第一腳踏上的就是方形榻榻米。這間放著三角形榻榻米的四張半房間，本身形狀也是三角形，不但是三角形——而且近乎正三角形——牆面釘滿了跟門板一樣的深藍色木板。

此外，那高高的木板牆上方還鑿了一扇小窗，散發一股優雅可靠的王者威嚴，任何尊貴事物都難望項背。

舍監小心翼翼地一手按著門把，以免門再次關上，朝室內環視一圈說道：

「就是這裡了——雖然有點奇怪，不過比三樓安靜多了。對還在上學的人來說，這裡反而更好吧？因為樓下住的都是在上班的大人嘛。」

確實如此。對於只有一床被褥和一只舊木箱，沒有其他任何行李的貧窮女孩而言，這個房間再適合不過，鐵定能為她帶來安寧與慰藉。

舍監又告訴她——

這個房間的租金，按規定會比三樓其他住戶來得便宜一些。

舍監說完就下樓去了。

房門吱呀一聲半掩上。

章子走進室內，再把門拉上關好。

藍色三角形的小房間。

只有一個女孩在裡面。

啊啊，完完全全一個人！

這個小房間，不管怎麼說，此時此刻變成了章子一個人的世界。

小小的三角形世界，擁有一扇高高的小窗——這個藍色三角形的世界！

獨自待在一個房間——在一個隔出來的小空間內，章子從以前就想這般靜靜守護自己，免於任何人的傷害。啊啊，她以前是多麼渴望能夠如此。

而今，章子終於完完全全擁有這分長年累月冀求的喜悅。

請想想看吧。

鄉下那龍蛇雜處的舅舅家。

L小姐那大煞風景的宿舍大房間裡挨挨蹭蹭的女孩們——

可憐的章子迄今在那裡受盡折磨、擔驚受怕，過著徒勞無益的人生——啊啊，是何等教人悔恨莫及的日月蹉跎——這麼一想，章子就禁不住以手掩面，委實太過寂寞悲慘了！

章子現在總算獲得自己殷切盼望的一分幸福。

一分幸福。

這分幸福是什麼呢？那就是擁有一個屬於自己的房間——

對於大多數中產家庭出身的女孩，這點幸福都是唾手可得的——

然而，章子卻是歷經多年苦難，眼下好不容易才將幸福握在手中。

因此，為了細細品嘗這分「幸福」，章子此刻在三角形小房間的正中央坐了下來。

把這個空房間當成絕佳的舞蹈教室，從剛才一直在那婆娑起舞的白晝天光和陣陣微風，溫順地將領地讓給房間主人好好安放身體——空氣與光線內含的柔軟乖馴沒有任何事物能與之匹敵——而且，它們顯然很高興能被房間的新主人看見，在三角形房間的三個角落裡，拈起無形的白衣下襬，兜圈跳起華爾滋的旋律——

章子環顧室內圍繞自己的三面牆——三面都是木板牆，其中一面下方有一座嵌入式雙門壁櫥；另一面藍牆什麼也沒有，就只是綴著大小不一的黑色和淡褐色木節，一聲不吭地杵在那兒打量房裡唯一的人類；最後一面頂部開了一扇小窗，是這裡僅有的窗戶——比女王王冠上的珍珠還要珍貴。

是這扇小窗讓漫天陽光透進室內。

光這點就教人肅然起敬，可沒想到它還悄悄替房間捎來清風陣陣，微風徐徐。在完成如此出色的工作之後，可沒想到，噯，可沒想到它還不忘映上遠方的深邃藍天、綿軟雲朵，又或許還有飛掠的候鳥身影。

啊啊，只要我棲居此間，窗戶呀，你便是我最親密的朋友了！章子仰望那扇小窗，在內心輕撫窗戶。

那一扇窗戶呀。

它是細細長長的橫向開口，上面裝了一道玻璃，一條棕色繩環從玻璃垂至下方木板牆一根角柱的鐵釘，並在那裡打了一個結。上下拉動這條棕繩便能自由控制玻璃角度，可以關閉、斜開或平開。

章子視線從窗戶再往上移——那裡是天花板——覆蓋在長空下的一道邊界。在室內諸多藍色中，天花板的 Tone 最深，帶著淡淡的陰翳。

當她雙眼高高抬起，順著那道陰翳追去，赫然發現窗戶與房門同寬。而且從窗戶到房門，那面貫穿房間頂端的深藍色木板——哦呵，那片天花板居然斜斜滑向有整面壁櫥的木板牆，既似一面傾斜的藍色船帆，又似一頂藍色帳篷——藍色房間就在這奇妙的天花板下默默無語。

章子生平第一次擁有的單人房，竟是如此不可思議的空間。

章子不厭其煩地琢磨再三，她的住處與尋常房間內部的差異多不勝數。她再次仰望天花板——

啊呀，天花板深邃濃郁的藍色木板果真如帳幕般緩緩斜向對側。她再次抬眼看向窗戶——

只見那裡嵌著無垠蒼穹切下的一方矩形。

她再次環顧木板牆——

依然是沉默冰冷的藍。

她垂眸一看，那裡鋪著——草蓆般的榻榻米。

章子起身，推開藍色房門。

褐色樓梯直通樓下，兩側扶手柱頭鑲嵌的尖銳銅片打磨得寒氣逼人。啊啊，倘若不慎撞上柱角……章子緊貼門緣，哆嗦不止。一縷淡紅柔光在各處飄來蕩去——章子四下張望，尋找這非屬日光的光源來處。

章子端詳這棟建築最高樓層的頂部——具有兩個藍色房門的房間、兩段樓梯，以及貫穿樓梯上方的廣大空間。

忽見茫茫渺渺天幕處，數根堅實的梁木縱橫交錯，撐起高聳巨大的屋頂——一根粗壯的角柱先撐起中央交錯的橫梁，再穿過兩段樓梯間的小平台邊緣，那根角柱頂端有一盞潑灑朦朧紅光的燈泡，在銀色反射鏡前閃閃爍爍——一盞孤孤單單、楚楚可憐的燈泡——淚眼盈盈、靜靜俯瞰一切的燈泡——

啊呀，燈泡本身難不成亦有靈性？若然，那又是何等淒涼孤寂的命運？

章子一次又一次在眼裡、在心底反覆回想：

通過街上正門、穿過玄關大廳、走上數級階梯，再爬上更狹窄幽暗的U型樓梯，來到這梁柱裸露交錯、天花板昏暗高聳，有著藍色木門的兩個三角形小房間——藍色的房間、一扇小窗、傾斜的室內天花板——還有那矗立於樓梯之上的角柱頂端，不斷綻放寂寞光芒的可憐燈泡——

總括這一切該何以名之？該如何描述這奇異的世界？又如何尋得一個足以代表它的字眼？

她再次仰望高空交錯的梁柱。然後，下一瞬間——烙印在章子腦海深處的無數詞彙中，彷彿被珍藏至今時今日這一刻——宛如從廢棄的舊玩具箱裡意外發現的銀鑰匙——那形狀詭譎的文字霎時在空中浮現，清晰而明確地——

……ATTIC……ATTIC……ATTIC!

據說在遙遠海洋另一端的各國城市裡，「ATTIC」是那些以鹽水佐黑麵包度日的窮苦人家唯一的棲身之所——然則，然則，在這櫻花盛開的東海島國——對於從來不會忘記替庭院踏石澆水、點亮石燈籠的安逸國民而言，「閣樓」這個英文字典創造出來的單字是一無事處的名稱！

話雖如此，這國度的一名年輕女孩，現在卻為了尋找一小塊落腳的安全領土來到此間！

YWA的建築風格體現了洋人眼中的日式風情——YWA事業背後有一群外國人的勢力（身為出資者的正當權威）——到三樓為止，建築師巧妙融合了自身對日本文化的喜好，唯獨在這座高大建築的最頂端，是否刻意保留這番奇特罕見的結構，以滿足日本民眾對海洋彼端的一絲遐想？

啊啊，哪怕只是偶然的產物，甚或興之所至的成果，可除了「閣樓」之外，它還能是什麼呢——

閣樓——

就在這一個詞彙中，章子瞬間炸裂般感到高漲滿盈的各種情緒，包括：豐富新鮮卻又朦朦朧朧的幽暗，以及塗滿「未知」色彩的驚奇古怪，還有孩童般怯懦的好奇心。因為這些想像，「閣樓」的發音激盪出非常迷人且巧妙悅耳的音色，以及蘊含無限美好與憧憬的象徵性韻律。

就好比「玫瑰花」——「珊瑚樹」——「初戀」——「……」……

啊啊，不但勝過這些從抒情詩集精心挑選、寄託年輕人諸多幻想的的華麗詞藻，並喚起更深沉強烈、攪亂年輕心靈的幽遠共鳴與情感——至少對章子而言，便是如此。

「閣樓。」

章子輕啟朱唇，初次親暱呼喚這個寄託了她形體與靈魂的領地之名，在藍色的三角形房間裡靜靜坐下——

六

……嘿咻……

把重物扛在肩頭或揹在背上時，人類自然就會發出這種低喝聲——章子不明就裡，只聽見沉重的腳步聲在每一級階梯間稍事停頓後又繼續響起——腳步聲來到藍色門外時，章子聽見來人低聲喝道：

「喂——這是妳的行李。」

門吱呀一聲打開，然後猛烈撞上外面的木板牆。

那裡站著一位老爺子，背上扛著章子的行李。

蠢丫頭！

妳怎麼把自己的行李丟著不管，一個人在這裡胡思亂想？

在被人責備之前，章子先火速自我反省了一頓。

真是的……在章子把「閣樓」這個字眼當成寶貝般捧在掌心玩味再三的同時，遠在一樓的大廳角落，這些行李大概非常礙事——可憐的行李呀——只因你們的主人太不中用……

「是這個吧？」

老爺子發出驚人的超大音量問——說不定他是在怒吼。

「啊，是的。」

章子一躍而起，她得先卸下對方肩上的擔子，儘快減輕這位老爺子的疲勞。

這個向來少根筋的迷糊女孩方才竟然沒想到要趕快卸下眼前老人背上的重擔，而是在那跟自己的行李哀哀道歉——

章子一臉狼狽。

明明是老爺子連續兩次搬重物上樓，滿頭大汗的卻是在房間門口迎接的章子。

老爺子送來的行李僅僅兩件，最後一件就是那只舊木箱，兩側的金屬環一路響叮噹——只聽見金屬環發出最後一聲大響，老爺子將箱子放到了門內。

「妳這個，在咱們那時代可是時髦玩意兒吶。」

老爺子對著那只木箱左瞧右看，感慨萬千地說——彷若在嘆息一般。

一個年輕女孩居然有老人家的時髦玩意兒？這若是讓第三者聽見，定會忍俊不禁，或得費盡力氣才能忍住不大笑出聲吧？

無論如何，老爺子的嘆息（？）未能讓年輕女孩俏臉羞紅——大概是再找不到什麼話好說，他便下樓去了……

那位老爺子的年輕時代也許是真的流行過這種木箱——不過對章子而言，噯，那已是遙不可及的往事了。

這只木箱是父親的遺物，由外國船隻運抵日本港口。那時章子第一次看見這只木箱，後來星移物換，船隻載來的木箱轉交到母親手裡，母親往生後又到了舅舅手中——不，是扔在那座土牆老倉房的角落——章子準備上東京時才又搬了出來，但彼時箱中物品幾乎全數遺失，僅存的亦殘破不堪。

它如石頭般放置在那陰溼幽暗的倉房角落時——啊啊，曾經讓章子沉浸於何等甜美縹緲、感傷難言的情懷中？

舊木箱儼然串起早已離世的雙親靈魂，封存著千古祕辛、靜靜沉眠，甚至成為超越現實的魔物。

如此這般，待章子長成，舅舅多半會將這只木箱交到身為當然繼承人的遺孤侄女手裡——屆時，歷經長年封存的神祕魔幻世界，將首次在章子手中重見天日，未曾得見的父親往事與母親靈魂，都將清晰呈現在這位遺留人間的獨生女面前，成為令她眷戀敬仰的珍貴遺產。

章子預感自己終將觸及那驚人的天大事物。當她自女學校畢業，並獲得獎學金決定前往東京時，央求舅舅從陰暗的倉房抱出這只木箱。

即將在光天化日下打開木箱，親眼目睹「未知世界」，章子內心充滿了期待和難以言喻的恐懼，戰戰兢兢地剪斷了鏽蝕的鎖扣……

章子心臟怦怦狂跳，感到一陣天旋地轉的無形壓力——朝打開的舊木箱內部探頭一看。

極度的震驚——以及強烈的失望襲捲章子。只見木箱裡面……

在光線暗淡的土牆老倉房中，這只木箱曾經擁有神祕的魔力，但在光天化日下，它不過是個毫無價值、了無生氣的老朽軀殼。不，現實殘酷地證明了它不過是一件陳舊過時的器物罷了。

幻滅的巨大空虛感重創章子。

她將這只霉味四溢的舊木箱（再怎麼悲傷，也只能如此稱呼它）在陽光下晾乾，之後將僅有的幾件衣物塞入其中。

此等舉動正是那些無法坦然接受幻滅、又不願徹底放棄的軟弱性格者，聊以自慰的可悲執念。

就這樣，在首次獨自旅行的春天，章子婉拒了舅媽贈送的行李箱，反倒安慰自己那只舊木箱是全世界最珍貴美麗的衣箱，將它帶到都市車站，然後去了L小姐的宿舍，再來到YWA閣樓的藍色三角形房間。

章子辛辛苦苦把行李收進藍色壁櫥的上下層架。雖然只有兩小件行李，但今後不知要在此居住多久，還是費了好一番工夫，才把所有家當整頓完畢。

七

收拾行李對章子來說是過於繁瑣的麻煩工作，折騰了許久，好不容易才從壁櫥脫身。大功告成前，她一直都在壁櫥前彎腰整理，脖頸子痠痛不已。

當章子從壁櫥前轉身，面向先前背對著的窗戶時，眼前景象教她何等驚訝！

那意象在一個呼吸間出現——卻難以在一口氣內盡述。

啊呀！該怎麼說呢？

那就是——閣樓的藍色房間，不知不覺中——大概是章子在壁櫥前低頭整理的時候——完全籠罩在一片柔和的淡藍煙霧裡。

從那扇小窗透進來的明亮日光，此刻變成了薄暮微光。哦呵，那是多麼柔和溫暖的光芒！

天花板——那片斜斜搭起的天花板，既已一片翠綠迷濛。而那不久前還冰冷沉默的牆壁，現在卻像兀立晦暗護城河畔的荒涼廢墟石牆——宛然夢中拾得的幻影碎片，煙霧繚繞……陰影柔和——光影流動——微光輕舞——隱隱綽綽……

青煙繚繞……繚繞……翠綠氤氳，閣樓小房間——

黃昏！

黃昏的魔法師在暮色蒼茫中悄悄揮舞詭異妖髮，高貴乳香四溢，馥郁沒藥漫天——只見他踩著太陽神的足跡來到黑夜帷幕前，在陰影迷離中盡情舞動妖女幻影，如痴似醉——

幻境中浮現的藍色小船——

綠色夢境裡描繪的迷霧森林——

太古碧波瀲灩，沉眠的神祕湖底——

章子脫離了現實，在異樣氛圍中呼吸著一種未知的全新空氣。

她化身為幻境小船的水手——

她化身為綠色迷霧森林中的精靈——

她化身為太古碧波瀲灩的湖水主人——

章子的想像力振翅高飛，翱翔九天。

叮鈴鈴鈴……叮鈴……

——鈴聲——

鈴聲響起，好似來自遙遠遙遠的地底——

莫非是繫在幻影小船船頭的黃金鈴鐺發出聲響？抑或是開在綠色森林的風鈴草隨風搖曳？難不成是沉在黑色湖底的銀鐘傳來聲音？章子兀自永無止境地沉湎夢中。

腳步聲自樓梯響起。

「今天入住的新同學，現在請到食堂來。那個鈴聲一響就是在通知用餐時間呵。」

腳步聲之後，這樣的聲音在半空迴盪。

那聲音來自不久前（或者很久之前）帶她來到閣樓的舍監。

八

就好像作夢的靈魂用薄絹裹住無形寶玉，企圖強行帶走，卻被現實這令人厭惡的魔爪毫不留情地捏碎，甚至沒留下一點痕跡。

太殘忍了！然而，此等殘酷無情恐怕是幾千年來所有人類在塵世中反覆品嘗、刻骨銘心的痛苦吧——但，事到如今搬出這些大道理亦無濟於事，現實就是如此殘忍。幻境中的藍色小船、森林和湖泊全都煙消雲散，只剩章子這女孩，煢煢孑立於閣樓房間。

這也就算了，可她現在還得跟著舍監一起去食堂！

章子胃口欠佳，甚至對人類一天要吃三餐感到難以置信。

好久好久以前的孩提時代，章子跟母親住在小房子裡的時候，母女二人吃的雖是粗茶淡飯，卻讓她懂得用餐的快樂。爾後在鄉下舅舅家也好，在Ｌ小姐的宿舍也罷，她徹底失去了用餐的喜悅——來到ＹＷＡ後，情況只怕仍是這般吧。

除非章子天生缺乏味覺，否則她也應該像其他人一樣渴望美食與享受。可是，章子非常清楚自己為何如此。簡而言之，舅舅家也好，Ｌ小姐的宿舍也罷，她所得到的食物都缺少了「某種東西」。因為一直半義務性地吃著少了什麼的食物，這才變成一個對口腹之欲毫無興趣也不再追求的女孩。

這裡說的少了什麼，絕對不是指營養或風味。當食物觸及章子針尖般敏銳的神經，昔日母親烹調的菜餚裡，可以感受到溫馨母愛、面面俱到，以及對章子喜好的瞭若指掌——這些，如今在其他人煮的食物裡卻半點也吃不到。

然而，這無疑是一個遭人譏嘲的愚蠢願望。長輩經常告誡章子，食物只要用舌頭品嘗，送進胃裡，便完成了它的使命——一個以常識（也算是一種常識吧）判斷就能解決的事情，又有哪個傻瓜會對親戚家的飯桌或宿舍食堂搬出細膩入微的感官情緒，搞得自己大失所望呢？偏偏章子就是那個可憐的傻瓜，求之而不可得，苦於熱望落空，陷入執迷不悟的餓鬼道而無法自拔，最終失去了食欲。

章子沿著先前初次上來的樓梯一路下樓。

首先走下通往閣樓的窄梯，穿過一條長廊，再走下另一段褐色樓梯後，舍監隨即轉進右側後方的房間，章子緊跟其後。

一張巨無霸餐桌占滿了整個空間，白色桌巾上擺著大批成套餐具。頭頂兩三盞電燈將桌面照得通亮。許多人圍著餐桌——一幫女子肩並肩坐在椅子上，背部幾乎要碰到白牆。有些人俯身舀著碗裡的食物，有些人則將餐具高高舉到臉孔前方。

各種用餐的女性姿態，赫然映入眼簾。

舍監穿過這幫人，引領章子走向房間另一頭的座位。為此，就得請餐桌旁的用餐者一個一個稍微向前挪動椅背，引得眾人紛紛注意到章子的出現。

章子完全無法得知他人腦中正形成或湧現何種想法，這分不安外加面對陌生人的莫名尷尬，讓她吃盡苦頭，最後總算坐進角落一把為她增設的木製折疊椅。

別說是食欲，眼前好似盛了滿滿一大碗苦澀羹湯，只令章子倒盡胃口。這般勞師動眾地為章子在食堂安排一個座位，舍監的任務卻還沒結束。

「抱歉打擾各位——請容我介紹一下今天新來的朋友……她姓瀧本，是保母學校的學生——」

……隨著舍監的聲音響起，筷子和白碗停在半空，圍著餐桌的眾人臉孔一齊轉向章子。章子手足無措，又羞又窘，火燒般的狼狽與羞赧將她摔進眼前那一大碗苦澀羹湯。當她被迫在眾目睽睽之下，無端承受毫無意義與價值的羞赧——禁不住暗咒人類祖先，為何要將此等感受遺傳給後代？

一名無辜少女竟得在眾人面前低頭畏縮、自貶自抑，這是何等愚蠢的人性！

章子眼前的碗盤裡，是還不認識的陌生人所盛裝的食物。這是其他住宿生對新人的善意，章子因此不必忸忸怩怩地動手盛飯或伸手去拿醬油小玻璃瓶。然而，正因章子連伸指要求食物的權利也沒有，這頓飯菜吃起來索然無味。

圍桌用餐的其他人，似乎個個都在真心品嘗每一盤配菜、每一碗米飯、每一杯茶水，人人具備細辨食物滋味的幸福。她們來勢洶洶地推開門，飛也似的——正如字面形容般三步併兩步地進來，釋放出高漲的食欲，一屁股坐進自己的位子。在這棟建築的單人房各自生活的住戶，似乎將傍晚的食堂視為彼此交流的大好機會。一有人入座，便熱情地相互寒暄。

各種熱烈嘈雜而忙亂的對話此起彼落，零碎的交談聲傳進章子耳裡，那些對話夾雜著一陣又一陣的笑聲，渾似在炎炎夏日刮擦鐵皮般刺耳，令章子心煩意亂。

時值初秋傍晚，室內卻有如盛夏。一群女人用餐的房間，瀰漫著夏日的餿味——大量食物混在一起的氣味、熱飲的香氣、女子的髮香，以及壓抑在靦腆表面下那股發酵的濃烈食欲氣息——妳來我往的嘈亂對話、浮誇客套的爆笑聲、她們的秋波，還有丹唇——啊啊，這一切融成一團，在房間翻滾攪動，泛濫成災，教人透不過氣來。

章子發現自己是佇立在怒海狂潮中的孤獨異鄉人，亟欲盡快逃離此處。

然而，愚不可及又難以解釋的某種無謂羞恥感硬生生擋下章子的渴望。章子若想起身離開房間，必須從用餐者的背後穿過。而這條通道如此狹窄，除非大家把椅子往前挪，否則章子根本過不去——這情況讓章子只能無所事事坐在食堂的木椅上，咬牙強忍內心的煎熬。

就在這時，冷不防——舍監出聲呼喚章子。

舍監坐在長桌對面相隔好一段距離處用餐。此刻她放下了筷子，朝章子望來。

「瀧本同學，四樓那裡只有兩個房間——您要是有什麼不懂的，就問問隔壁的住宿生。正好秋津同學剛剛來了……」

舍監說著，四下環顧。

「啊，原來您在那呀，秋津同學，我跟您說……」

……「是。」……

銀鈴般的聲音驀然響起，就這麼一聲。

章子深信這一聲便似清徹純淨的水珠，輕輕洗滌淨化了她方才塞滿渾濁汙穢喧譁聲的耳道。

「是。」——那是一個極其坦率真誠、沒有絲毫雜質的純淨聲音，僅僅一個音節便勾勒出天籟之音……

單單這聲音，就聽得章子心弦悸動，想到與這聲音匹配的面容——就不禁心頭小鹿撞個不住。

……「是。」……

天籟之音再次響起。

章子看見了，此刻再次發出天籟之音的面容——

那人的容顏和儀態都儼如水晶，自然而然地保持著冰冷的平靜。或許是她那股平靜特質所展現的必然樣貌，在這般教人透不過氣來的嘈嚷和混濁空氣中——啊呀，在一眾基督徒中特立獨行的猶太人！那人竟能保持此等孤立的絕對靜謐與安詳，章子眼愣愣地凝視對方。

假使平靜本身就是一種全然獨立的美，單憑這分冰冷的平靜，那人或許已稱得上人間絕色。

觸摸時彷若能感受到刺骨冰涼的黑色秀髮，一縷輕煙般覆在額上。眉毛、鼻子、臉頰的印象浮現之前——雙瞳翦水先一步帶著那人的整體氛圍迫來。盈盈秋水——清徹如水的雙眼！

全部的情感、信念、理性，所有的一切都隱匿在這兩顆眼珠後方，再平靜無波地冷冷揭示出來。

無言的雙唇在下顎中央形成紅色的端正凸起，緊緊閉合。

她從剛剛就一直坐在那裡，看著面前茶碗裡少許顏色清淡的茶，卻沒有想要喝的意思——

章子無意間發現一個跟自己一樣在人生旅途中丟失了食欲的同伴，心中湧起一股奇異的憂鬱。

對於只發出兩聲坦率回應的秋津同學，舍監從遠處喚道：

「秋津同學，坐在您旁邊的旁邊那位，是今天搬進四樓妳隔壁的住宿生，她姓瀧本，請您在她適應之前多照顧她一下。」

秋津同學——那人終於起身。

接著朝章子看去。

章子像石頭般僵硬地站起。

「瀧本同學，這位是秋津同學，住在四樓您隔壁的房間。她也是還在念書的學生，在那間╳╳╳上學。」

照理說，對於如此詳盡的介紹，兩人應該像女兒家一樣優雅端莊地說些「請多指教」、「小女子不才」之類的禮貌問候。

眼前兩人卻完全不然。

章子一副慌亂到了極點的模樣，呆頭呆腦地杵在那裡。若是讓旁觀者用一句話評點此事，他們恐怕會異口同聲地啐道：「真是個笨蛋！」

如果對方以彬彬有禮的舉止和詞令應對，章子的「笨蛋」模樣恐怕會更加惹眼，所幸章子慌亂的身影只匆匆劃過對方冰冷澄徹的雙眼——秋津同學剎那後微一點頭，又靜靜坐回自己的位子。

接著拿起面前的茶碗，送到飽滿緊緻的唇邊。

不肯為說話開啟的唇瓣微張，編貝在柔軟櫻唇內側一閃。

茶碗很快物歸原位。碗裡的淺色茶水只少了一點點……不多時，秋津同學起身，親手將空椅子正確推回桌子下方。章子頓悟——秋津同學要離開食堂了。假使錯過眼前大好良機，章子認為自己再無機會脫身。

秋津同學將會以一貫的平靜，從眾人後方巧妙穿過。誰也不會面露不快，大家都會把椅子往前拉，為她騰出寬敞通道——章子只消一路尾隨——便可輕鬆離開食堂——章子決定好好執行這個奇謀妙計，於是當秋津同學將椅子推入桌子下方時，她也依樣畫葫蘆。

然後，她等著秋津同學穿過用餐者背後，走向對面的門——可是，秋津同學遲遲沒有行動，卻一直站在原地，對著章子的方向——現在該如何是好？章子心急如焚。

過了一會兒，秋津同學朝章子走近兩三步——糟了！章子慌了手腳，全身僵硬。這人究竟是想對初次見面的自己說些什麼？她是在表達什麼呢——章子不爭氣地發起抖來。

秋津同學以冷靜的聲音，低沉但清晰地對章子說：

「請妳讓讓。」

章子嚇了一跳。秋津同學竟然要她從那個位置讓開一點點——

當章子一副慘不忍睹的「笨蛋」模樣盯著秋津同學從身邊走過的背影——她的腦袋轟然一響，唉，自己實在愚蠢至極！

真是無藥可救的「笨蛋」！妳看，妳看嘛，秋津同學走去的方向，不就好好開著一扇栗色房門嗎？！既不是從天而降，亦不是從地底冒出，自ＹＷＡ落成以來，食堂兩側就各裝了一扇門。滿以為食堂就只有一個出入口的章子，現在不得不為自己的愚蠢感到難堪。

章子羞得無地自容，匆匆低頭推開秋津同學才剛走出的栗色房門，奪門而出。

章子大大地吁了一口氣，短時間內竟能讓自己如此疲憊，幾乎要倒在門外。適才平白無故受盡自身懦弱的折磨，不禁感到既可憐又可笑。內心鬱悶無處宣洩，既想揮拳反擊，又想破口大罵，可是，到頭來還是狗熊一個，什麼也做不了，只能悄悄把門關上。

距門幾步之處有一座樓梯，扶手柱頭上裝飾著擬寶珠。上下兩段樓梯之間，橫亙著一條短廊。正對面是兩扇栗色房門，右側是一間辦公室，裡頭地板上固定著一張細長辦公桌，左側是窗戶，再往左是好幾扇緊閉的大型拉門，門板糊了某種素絹——天花板上有一個大型盤狀毛玻璃燈具罩著的燈泡，用美麗的鍍金鏈條吊在上方。

這裡正是章子之前在志摩的帶領下，內心糾結、忐忑不安地前來申請入住的地方。

章子這才留意到，這棟建築的各個部分都經過精心設計，不著痕跡地巧妙相連。

對於個性迷糊脫線的章子來說，這種獨具匠心的房門位置、格局、樓梯、走廊等看起來是那麼盛氣凌人，好似在嗤笑她一般。

章子心想反正只要沿著樓梯不斷往上走就好，於是走上通往上層的樓梯。那條樓梯在途中分成左右兩條，左手邊的正面和側面都能看見有玻璃窗的房間，右手邊的側面貌似連著許多走廊。當章子發現左手邊有一扇對開式玻璃門，頓時想起今天跟在舍監後面時見過這扇門，立刻走上前去，將門推開。

門後是一條寬敞的走廊，宿舍三樓每個房間的天花板和房門中間都有欄間雕刻，整整齊齊的矩形燈光從中流瀉，美麗如畫。

當她站在四樓入口處，感到自己即將進入另一個世界。不過是兩段窄梯，便將三樓和四樓切割成迥然不同的氛圍。

章子走上窄梯，她的腳步聲在開闊的挑高天花板下靜靜迴盪——每向上走一級，憂愁便從氤氳靉靆的山谷升騰縈繞，輕輕裹住她的身體。她聽著自己的腳步聲在空曠洞穴中響起，猛地抬頭望去，但見中央的柱子上，孤零零地亮著一盞燈，淡红色的光芒如薄霧流淌，照亮了兩三尺的地板。

孤燈！一盞孤獨的燈。

孤孤單單，這般孑然無依地懸在那兒，無論白晝或深夜，一盞幽光如煙何其可悲。

章子不由得淚眼盈眶。

藍色的門。

木門無言，只是冰冷——

木板無情，兀自孤寂。

章子人間蒸發般地頹然遁入門內。裡面一片黑暗，那扇白天如淡月、到傍晚猶帶微光的小窗，如今亦被闇夜塗成純黑。

人即便是在幽暗中，仍有一定程度的感知能力，但身處於尚未熟悉的新房間，感知能力也發揮不了作用。

章子像滾落夜間深谷的小石子一動也不動，靜靜坐在黑暗中。

恰似一隻可憐小蝴蝶，漫無目的地在曠野盡頭徘徊，最後力竭掉入黑色花朵中，再也不能動彈——章子身陷黑暗深淵。

就在此時。

只聽得一道微弱歌聲傳來，細若蚊蚋卻又綿綿不絕，無影無形但撩人心弦的一縷銀線裊裊上升，在黑暗中迴盪，直達閣樓房間——

歌聲持續不斷——婉轉動人的顫音——在月光流動間撥弄美人魚的髮絲，配合潮聲在波浪間穿梭的美妙女高音——那是美人魚的歌聲？抑或女海妖的嘆息？章子在黑暗中豎耳聆聽，無窮無盡的孩子氣幻想就這樣追著歌聲軌跡不斷擴大。

歌聲終於停歇。

章子的幻想亦如吹向後山的一陣煙霧——剎時消散無蹤。

然後，黑暗中又只剩下章子一個人。

樓梯間傳來窸窸窣窣的衣物摩擦聲。

章子屏息凝氣——那微弱的衣物摩擦聲在房門前忽地消失——章子內心怦怦直跳。

——隔壁房間的門開了——那扇門並未像章子房間這扇發出痛苦的嘎吱聲。門打開，又關上，然後——傳來一絲微弱的聲音……

那聲音「……」

那聲音是什麼——章子明白了。

那必定是藤椅的聲音。

畑中老師書房裡的藤椅，聽說是從美國運來的老古董，每當老師肥碩的身軀靠在上面，藤椅就會發出一種尖叫似的聲音。

L小姐宿舍會客室裡的藤椅，一有人坐下也會發出聲響。既像嘆息，又似控訴——

啊啊，剛才隔壁隱約傳來的聲音，不就是藤椅的聲音嗎——

溫柔地、輕盈地，纖細嬌軀投懷送抱，佳人相依，發出楚楚可憐的美妙仙音——

藤椅的聲音令章子萬分懷念，由衷眷戀，又莫名陷入悲傷。

那聲音只響了一會兒便停止，閣樓再次恢復寧靜寂寥，夜色漸深。

九

彷彿跨入某種危險境地，章子懷著沉重不安的心情，一步一步走下光線昏暗的窄梯。

章子不知道舍監室在哪個方向——她站在寬敞的丁字形走廊角落，神色沮喪。

前方忽然有人走過，腳底拖鞋發出匆忙漠然的聲響。

那是一位姿勢挺拔的女子，個子不高，但直挺挺的肩膀活似和服衣架般撐直了身體。

「請問舍監室在哪裡？」

章子小心翼翼地向此人探問。

那女子依然維持優雅的姿勢，望著章子。

然後說道：「好，妳是問舍監室嗎？舍監室就沿著這條走廊直直走到盡頭，換句話說，就在那扇窗戶的前面，左側拉門那裡。妳聽懂了嗎？」

一板一眼——就是指這種語氣嗎？看來是習慣在講台上說教的人，口吻堅定有力——

章子不知如何是好，垂下頭去。

「妳聽明白了吧？」

那人的拖鞋聲復又響起。

章子重複著對方說的「直直走」、「盡頭」等關鍵字，進入走廊底端的舍監室。

舍監室是純日式風格的房間，內側有一扇梅花形狀的格子窗，還有內凹的壁龕。舍監老太太正伸手從一個黑色圓罐裡拈出茶色年糕片似的東西——

章子暗道自己來錯了時間——心下一驚，但事到如今也無可奈何，只好向對方行禮。

老太太笑著望向章子。

章子結結巴巴地說明自己房間沒有燈的情況。

「啊，對對對，那裡空了一段時間，所以我把燈泡拆下來了——真不好意思啊，呃……今晚就先找個東西湊合——呃……請您用那盞燈籠將就一下吧。」

如此說完，舍監從壁櫥層板取出一盞燈籠，窸窸窣窣打開後，點上燭火。

一盞紅通通、圓鼓鼓的燈籠遞到章子手中，淡黃油漬點點的燈籠紙上，用墨水寫著「YWA」。

章子再次恭敬行禮，提著燈籠沿走廊回去，爬上那條窄梯。

在一團漆黑的房間裡，燈籠掛在木板牆的釘子上，像一顆浮在半空的紅球。

章子就這樣心不在焉地凝視那顆紅球。

她多希望能永遠這樣恍恍惚惚——但終究還是站了起來，在微弱的光線下鋪好床鋪。

她解開髮髻，如往常編成麻花辮，夜晚髮絲潤澤，直如被水打溼，撒嬌似的纏繞指尖。

一股寒涼的夜霧氣息，鬼魅般悄然流進房間。

章子起身，摸索著自窗口垂下來的繩子，鬆開它。窗戶一轉關閉。

章子將身子躺在河床般微泛白光的床單上。

仰頭凝望頭頂附近的紅球。

一想到這閣樓房間裡只有燈籠與自己，那燈籠便似擁有生命的可愛生物，倍感親切。

各種淡影在紅色圓燈的前方浮現，又消失。

她看見了L小姐那張臉孔，猶如老婆婆，又好似離婚後被趕回娘家的刻薄中年婦人。

也看見了畑中老師那張陰鷙可怕的面容。

今天早上離開宿舍時的庭院樹木，半截樹梢和樹根在眼前浮現，繼而消失。

她還看見一個沮喪的女孩，穿著一條下襬破破爛爛的裙子、赤腳踩著木屐，孤零零地走在原野上，永無休止地追著夕陽踽踽獨行——這場景大概來自她從前讀過的童話故事。

後來那女孩在骯髒的閣樓裡，蜷縮在鋪著稻草的簡陋床鋪上沉睡——隨著這些景象逐漸模糊遠去，白天那些更勝平時的擔憂與疲憊，在睡眠的面紗上添加鉛塊，覆住章子的身體。

十

一種奇妙的感覺——顫動。

章子急忙將半夢半醒的身子重新拼接，在床上坐起。橘紅色的火焰婆娑搖曳。

白煙噴發亂舞。

火焰像是從一團火球撕扯下來，啪嗒啪嗒散落——

白色濃煙轉眼就像畫筆蘸了油彩潑灑，衝天四溢——

蠟燭融化的氣味——

油和紙跟火焰融為一體的氣味——

火焰——濃煙——氣味——火勢蔓延燃燒的聲音——

章子感受到了這一切。

哦呵，她當下採取何種行動呢？她——章子只是將雙手緊緊交叉抱在胸前，恍若在阻止心臟蹦出胸膛——可是，章子下一刻直衝火焰前方。

章子嘴巴幾乎要伸進火焰裡，忍著臉上騰騰熱氣，朝火焰吹氣。

章子吹啊、吹啊、吹著火焰。

彷彿要將肺裡所有空氣都吹光一般——

試圖用自己的櫻桃小口吹滅熊熊燃燒的一團火球。章子兒時用嘴唇吹滅母親小型銀燭台的燭火，學會了這個在旁人眼裡可笑至極的愚蠢行為——因為章子對火焰的知識僅止於此。

火舌迅速擴張，白色濃煙在室內旋轉流竄。章子呼吸困難，精疲力竭，兀自強忍嘴唇灼痛，執意吹著！（啊啊，無可救藥的可憐低能兒！）

不久，章子淚流滿面。

一滴滴的淚珠——止不住地流淌。（唉！要是能拿這些眼淚澆熄火焰該多好！）嗚咽聲在火焰前、在黑暗中響起。

吱呀——房門開啟。

一道人影靜靜站在那裡——那人對著火焰，一身白睡衣的寬袖和褶邊在紅色火光映照下，儼如陽光照在白雪皚皚的山峰，褶邊暗處被熊熊烈焰染成了紅色。

那人宛如一隻展翅飛去的白鶴，轉身飄然離去。

此時，章子不再吹氣，手也放了下來，愣在原地，甚至忘卻了自己。白衣身影再次出現在章子面前，從離開到再次現身，不過轉瞬之間。

棉襖輕輕覆蓋在熊熊燃燒的火焰上——火焰圍困，白煙散去——逐漸被包覆的火球縫隙間，但見友禪06花紋星星點點。

火焰完全熄滅，房間又陷入黑暗。現在再怎麼找，都看不見一絲紅色痕跡——白衣人靜靜離去——淺白色的衣袖和下襬——亦隨之消失門後。

深夜寂若死灰的靜默，瀰漫在高聳建築頂端的天幕下。

譯註01——以構樹皮為原料製成的日本書法用紙，尺寸一般為二十五公分寬，四十公分長。

譯註02——詩人威廉．阿倫特（Wilhelm ARent）的詩〈忘憂草〉（Vergissmeinnicht），日文版譯者為上田敏，收錄於翻譯詩集鉅作《海潮音》。

譯註03——位於東京都千代區的斜坡，從市谷穿過靖過神社旁邊，再往神田斜下的一段長坡。

譯註04——大正元年至昭和十五年，女子完成六年制尋常小學校的義務教育後，可就讀高等女學校或兩年制高等小學校。其中，高等女學校又分為四至五年制高等女學校和二至四年制實科高等女學校，廣義來說，兩者都稱為女學校，學生年齡介於十二至十七歲。

譯註05——兩張榻榻米等於一坪，四張半約為二點二五坪的小空間。

譯註06——友禪染是一種施加於布料的染色技法，以澱粉質的防染劑，手繪染色的方法，經長時間的傳承與變化，漸漸發展出多樣風格。

貝多芬第十五號鋼琴奏鳴曲。

第二篇

貝多芬第十五號鋼琴奏鳴曲。——

一

一扇小窗為章子帶來第一道明亮曙光。

在閣樓安歇的首夜已然逝去——

章子醒是醒了，卻又疲憊不堪，好生寂寞。

枕畔藍色木板牆中間高度的位置，有一個橢圓形焦痕。

其下放著一件精緻花卉圖案的友禪薄棉襖。

章子彷若窺視某種駭人之物，戰戰兢兢地掀起棉襖。只見棉襖下是豔麗奪目的紅襯裡，

一盞火燒後僅存小小底座的可憐燈籠殘骸裹在其中。

何等幸運的燈籠呀，竟能躺在如此美麗的靈柩內——

章子如是想。

昨夜一場意外——燃燒的燈籠——白衣人——秋津同學——

種種思緒有如未來主義的油畫布，在章子剛睡醒的虛弱腦海中肆虐翻騰。

章子攤開那件美麗棉襖一看，柔軟的紅色襯裡留下了撲滅烈焰的黑色焦痕，連內層的白棉花都燻成了茶色，從中露出。

美好事物如今千瘡百孔，無法重返昔日無瑕的悲哀，就這樣展現在章子眼前。

章子熱淚奪眶而出。

她仔細摺好棉襖，再三緊擁懷中。

隱然抱著夭折嬰兒慟哭的母親。

一想到這件美麗棉襖並非己物，而是昨夜從隔壁悄悄現身拯救、又匆匆離去的白衣人所有——她就心痛得無以復加。

該如何把這件傷痕累累的棉襖交還秋津同學呢？章子心若槁木死灰。

美麗的棉襖之外，還有一盞燈籠殘骸躺在那兒，這又該如何是好？

她是要帶著這燒剩的底座去舍監室，跟對方解釋些什麼呢？

除了落淚，章子束手無策。

完成上學的所有準備後，章子猶自拿著燒毀的燈籠底座和損壞的美麗棉襖，在藍色的三角形房間裡搔耳抓腮。

藍色房門吱呀一聲打開。

那裡站著秋津同學——昨夜的白衣人——定睛看著房裡的章子。

章子抱著燈籠底座和棉襖，一臉萬般珍惜、卻又極度驚懼困惑的表情，活似隨時都要哭出來的樣子，在伊人注視下，一時之間不知如何是好。

她就這樣搓手頓腳，始終說不出話來。

「……我來收下吧——兩個都給我……」

秋津同學開口道。

兩個都給我！

章子大驚失色，茫然呆立。

秋津同學的眼神一如初次見面那般平靜、冰冷而澄徹。然後，她接過那兩件打從清晨便一直折磨著章子的可怕物品。

門再次關上，秋津同學下樓去了。

章子怔怔地站在房裡。

雖然上課早已遲到，但章子總算拎著包袱走下閣樓。

她在走廊遇到舍監，老太太面帶微笑說：

「昨天借您的燈籠聽說被秋津同學拿去惡作劇了？」

章子一句話也答不上來，只好低頭不語。

舍監特意陪章子下樓，告訴她住宿生的出入口在哪裡。那是一棟與原木破風玄關相鄰的平房，寬敞的三合土地面上設有鞋架、一排水泥洗衣桶，以及一個黑色大鐵桶（燒洗澡水用的瓦斯鍋爐）等等，同時有一扇窄門通往外面。

章子從那裡展開她的第一次外出。

章子走出昨天中午跟搬運車夫一起穿過的灰色大門。門前街道上，觸目皆是南來北往的行人。

一群群中國留學生穿著各式各樣的洋服。人力車和自行車在路上奔馳，許多忙碌的成年人伸長了脖子快步疾行。

出了ＹＷＡ前面這條路，就是電車運行的路段。

為了搭乘前往學校的電車，章子穿越前方軌道。

當她穿越軌道抵達對側站牌時，一輛電車剛好駛離。

只差那麼一點就能趕上，章子有些懊惱地瞅著逐漸遠去的電車。

她倏又滿臉羞紅，躊躇片刻後恭恭敬敬地鞠了一個躬——原來秋津同學就站在駛離的電車門邊，那雙清徹明眸俏生生地落在章子身上。章子注意到對方身上那件焦茶色粗條紋的和服圖案。

汙穢電車載著儷人，在秋日晨空下疾駛而去。

章子杵在原地，目送那輛電車直至消失。

在站牌大量候車乘客的包圍推擠下，章子覺得必須趕緊上車，二話不說便鑽進電車內。

什麼。

秋日早晨，章子匆匆忙忙搭上擁擠的電車，但她自己根本不明白，這一切到底是為了什麼。

她不明白！老實說，這陣子——或者打從更早以前，章子對於自己該做些什麼就全然摸不著頭緒。這話或許說得有些誇張，但總之章子覺得自己的生活失去了方向，也不明白自己的人生有什麼意義。這種想法固然太過天真幼稚——雖然她偶爾也會痛下決心，自己專心念書就好，其他一切都無須理會，可是一眨眼又會回到不知所以、渾渾噩噩的生活狀態。

章子之所以淪為劣等生，其病態的懶惰、草率、粗心大意以及惹人厭的行為，全都源自於此吧。

然而，不管她因此承受多大的酸楚、多少的恥辱，她始終無法擺脫這種困局。懾人的苦惱便這般如影隨形，一再折磨著章子。

世上任何苦惱都比不上對人生本身毫無期待、沒有一絲喜悅，只是茫茫然地活著的那種倦怠和憂鬱。

對世間殘缺瞭然於心、深受折磨，卻仍大聲疾呼改革的人們，即使生命本身無法填補內心的空虛，他們依舊堅信未來是充滿希望的。

可是，章子這個不知人生是善是惡、不知社會是什麼、不知哲學是何物，僅僅讀過鄉下私立女學校的年輕女孩，不過十七、八歲的懵懂年紀便對世事渾然失去了興趣，一蹶不振、漫無目標地浪擲青春，豈不是世上最可悲的人嗎？章子終於忍不住開始自憐自艾。

這種了無生趣的渾噩生活讓章子一路走來磕磕絆絆。章子在L小姐的宿舍裡成了古怪懶惰的女孩、遭人厭惡的異端，最終被攆走多半也是這個緣故。她觸怒畑中老師，被當眾罵得狗血淋頭，最後形同被逐出師門，大概亦是出於此因。

章子為何變得如此離經叛道？她自己亦不明白；若能參透，她的人生羅盤理應早已指向正確方位。

就連每天早上到學校去這件事，究竟是為了什麼？是為了別人？還是為了自己？這一切的一切，她半點都不明白——電車載著這個不知所以的少女，馳騁在秋日蒼穹下。一路追隨秋津同學駛過的軌道。

二

對章子來說，父親與陌生人無異。

章子尚在襁褓中的混沌時期，父親就離開祖國，渡海前往義大利的繁華都市。母親與章子住在東北某個城市。母親在那裡的一所私立教會女學校擔任音樂老師，將幼小的章子和年邁的外婆留在自家小屋，每天穿著陳舊樸素的行燈袴去教書。

彼時章子家位於城邊，附近街道在白天也有些昏黑。狹窄的道路坑坑窪窪，而且彎來彎去，許多轉角都長著魁偉老樹。章子家前面還有一排房屋，因此更加陰暗，但那陰暗帶著一種恬靜沉穩的氛圍。低矮的黑色木板牆底部腐朽洞開，只剩一小段象徵性地圍著家園，牆內的小庭院種了少許的鈍葉杜鵑、綻放紫花的泡桐、結著小顆粉紅色果實的毛櫻桃、蜘蛛抱蛋、南天竹等植物。

家裡沒有玄關這種道貌岸然的空間，僅以一處面向庭院的廊台作為出入口。廊台下方放著一座廢棄的舊石臼充當踏板，外婆那雙黑天鵝絨寬鞋帶的藤編木屐和母親的藍鞋帶厚墊草鞋並排兩側。

所謂的房間或客廳，也只有一個長寬各約六尺的狹小壁龕，上面掛著一幅古老的油畫——畫裡是秋天的森林，但見樹葉轉紅的林子裡，一個中世紀獵人帶著狗兒持槍佇立——地板上有一只銅壺，裡面有時插著花，更多時候是空著的。一旁的櫥櫃前面有一個小型桐木長火盆，外婆總是在那顧著鐵壺燒熱水取暖。除此之外，抽屜櫃、梳妝台和大大小小的箱子也都放在這個房間。推開另一側的格子拉門，隔壁就是狹小的廚房，旁邊還有一個非常小的房間，小到一個人躺下手腳就無處伸展的地步。那裡有一扇豎著一根根竹子的竹節窗。房裡沒有任何家具，只有章子的舊玩具箱、一些舊報章雜誌和破爛紙箱胡亂堆在角落，儼然一間儲藏室。在這小小的家園之中，章子最中意的就屬這扇竹節窗。

母親雖然在學校教音樂，不過並未全心奉獻給音樂，也沒有成為職業音樂家的打算。放學回家後，她多半怡然自得地品茶、照顧章子，或是在廚房煮些好吃的東西。

廊台遮雨篷下方擺了一架便宜的小型風琴，但母親只偶爾在星期天傍晚彈些讚美詩歌。

外婆則會去教堂做禮拜，用優美的嗓音朗誦所羅門的《雅歌》等詩篇。章子她們參加的教會屬於浸信派，每次做禮拜照例會朗讀一章詩篇。年輕人讀經時總是矯揉造作、扭扭捏捏，攤開聖經嘓嘓噥噥地念著，唯獨外婆用清越的聲音盡情高聲朗誦。某次外婆因感冒之類的緣故缺席兩三次，那段期間的詩篇朗讀慘不忍聞，直如飢餓蚊蚋哀鳴般，囁囁嚅嚅消失在空氣中。

如今回想起來，章子認為外婆是個性剛強、爽快俐落的人，而母親則多少有點兒慢郎中。

可是無論母親多麼溫吞，章子都希望她還活著，只盼能陪伴在母親這位音樂教師身邊。

彼時小家園的客廳牆上掛著一幅裱框畫像。畫像不大，但近看便曉得那是頭戴荊棘冠冕，疲困鬱悶的絕望面容——基督的臉孔。章子畢竟上過主日學，對此很是熟悉。每次看著那幅畫，章子便怏怏不樂、痛苦萬分，即便當時不過是七、八歲的小女孩，卻莫名厭惡那幅畫，盡可能不去看它。

有一次，母親任教的女學校學生們造訪章子家。平日只有外婆和母親相伴，偶然有年輕人作客，屋內鶯聲燕語歡笑不斷，對章子自是一大樂事。

「章子妹妹！章子妹妹！」她們親切呼喚，陪章子玩了好久。臨走時，她們送給章子一個小扁盒，盒面是一幅色澤鮮麗的圖畫，描繪一位年輕外國女子的臉孔。那女子掛著似有若無的笑意，粉紅薄衫自香肩滑落，勾勒出數道柔美皺褶。

章子非常喜歡那女子強忍笑意的愉悅神情。

盒子裡裝滿了許多條絲質小手帕。內容物已交給母親，唯獨那只盒子由章子收下。章子極為珍視那只盒子，經常喜不自禁地盯著盒蓋上的女子。

這天，母親去學校上課，外婆也到鎮上辦事。趁這個短暫的空檔，章子從母親的縫紉箱裡拿出一把大剪刀，將手帕盒子上的圖畫整個剪了下來。

畢竟是稚齡女孩的小手，操控大剪刀不但吃力，邊緣也剪得參差不齊，可是無論如何，她總算剪下圖畫，鬆了一口氣。

章子接著試圖取下牆上的畫框，怎奈掛得太高，小手搆不著，於是找來一根兩尺長的直尺和她自己的紅陽傘，鉤住畫框的掛繩，費盡九牛二虎之力，肩膀痠痛不已，好不容易取下畫框。

章子拆下畫框背板，取出那張恐怖悲傷的肖像，換成手帕盒子上的女子臉孔，再把背板裝回去。她用直尺尖端鉤著掛繩，使出渾身解數終於將畫框重新掛到牆上。雖然掛得有些歪斜，但實在沒力氣再調整，就這麼置之不理。

然後，章子從下方抬頭打量，又退後幾步，從側面遠遠觀察。只見強忍甜美笑意的女子肖像變得比先前更有質感，章子一想到那張臉將這般天天照看自己家就眉開眼笑，覺得整個家都明亮起來了。

那幅恐怖悲傷的黑白肖像已被撤去，取而代之的是佳人的絕世容顏，章子深信母親和外婆定會跟自己一樣欣喜，滿懷期待地等待她們歸來。

外婆和母親幾乎在同一時間回到家中，起初兩人均未察覺畫框的變化。章子按捺不住，主動將事情告訴了她們。母親和外婆滿頭霧水地轉頭看向牆上的畫框，隨後雙雙臉色大變，良久無語。

過了好一會兒，外婆才嘟囔著說：

「嗳喲，天殺的！妳怎能幹出這種大逆不道的勾當？耶穌基督像豈是你們這些黃口小兒可以隨便觸碰的呢？」

外婆心情大壞。

母親則是略顯無奈地責備道：

「那個手帕包裝盒上的圖案是低三下四的外國舞女臉孔呵，知道了嗎？把那種東西裱框掛在牆上，豈不是讓來訪的客人笑話嗎？」

於是乎，那幅恐怖陰森的肖像又重新放回畫框，邊緣被剪得參差不齊的美女圖則回到章子手裡。章子拿著美女圖走進小房間，在竹節窗前默默凝視，悶悶不樂。

說到畫，外婆除了會在教堂朗讀詩篇，也會在家裡一邊撫摸鐵壺，一邊翻閱和紙裝訂成的小薄書。那些書的外形都一樣，只有封面圖案不同。數量頗多，有些裡面有圖畫，圖畫旁邊還寫滿了文字。

那些圖畫內容五花八門，其中有些甚至比牆上那幅肖像更加令人深惡痛絕。有一幅畫描繪一名雙手反綁的女子被縛在松樹之類的樹幹上，那女子披頭散髮，嘴裡咬著一綹青絲，滿臉憤懣，身旁站著一名揮起刀的武士。另有一幅上方畫著新月自烏雲間透出的天空，下方則是一座蜘蛛網遍布的破敗小廟，一名年輕武士被一群凶神惡煞的武士砍倒廟前，還有鮮血從那年輕武士體內汩汩流出，黑糊糊地畫了一大片。說是畫，卻也不是毛筆所繪，全部是木版刻畫。

此外，其中也有這種圖畫：一名瘦骨嶙峋的女子臥病在床，下一張則是那女子正在沐浴，半個身子浸在浴缸，半個身子露在外面，瘦削的胸骨輪廓清晰可見，是一幅令人反胃的畫。接下來是那女子剛洗完澡，正要穿上一件大花紋的浴衣時，不慎跌倒在地，那瘦得毛骨悚然的赤裸身體描繪得栩栩如生，恐怖猥瑣得幾乎讓人無法看第二眼，是一幅噁心至極的畫。豈止如此，又見一根根尖針穿透浴衣扎在那女子腳上，木刻版畫中不停冒出黑糊糊、陰森森的鮮血。

這類圖畫，特別是前面提到的那些，每次目睹都駭得章子全身縮成一團。

儘管如此，章子仍舊帶著一種渾身不適、戰戰兢兢的心情去看那些書。但若是獨自一人，她就怕得一眼也不敢看。唯有外婆坐在長火盆旁的時候，她才會縮在外婆身邊翻閱。那些書倒也並非全是恐怖畫，裡面也有一些是章子挺喜歡的。比如書本開頭都是大張彩圖，其中就有一幅是美麗的公主站在中央，英姿勃勃的武士在兩側跳舞。雖然看了這幅畫也猜不出那本書在講什麼故事，但章子認為這群英姿勃勃的武士多半是心地善良之人，正在保護美麗的公主不受壞人欺凌，因此能夠放心欣賞。

此外，還有這麼一幅畫：胡枝子花盛開的竹籬笆旁，一名儷人手持紙燈籠俯身，長袖兜垂至花枝下方。一名面容英俊瘦長的年輕男子在她身旁昂然挺立，前額髮型清爽俐落，猶如到鎮上學習裁縫的女童。男子身穿短外褂、雙手插在前襟裡、腳踩厚草鞋。遠處有一座水池和一棟宏偉宅第，連客廳的格子拉門都描繪入微。而在那兩人身後，一名男子戴著黑色御高祖頭巾，身著黑色和服、腰間佩刀，掖起衣擺蹲伏在地，暗中窺視他們的一舉一動。難得兩位美麗人物，本該是章子喜愛的佳作，偏生多畫了這個可疑分子，令章心生反感，黯然神傷。

聽外婆說，這些書都在講述古代著名的故事。一想到人們以前經常對彼此做出如此駭人聽聞之事，章子就感到無比厭惡，萬分恐懼。以前的弱女子會被人反綁在松樹上、骨瘦如柴的女人沐浴後遭針扎、兩名俊秀人物談話時身後潛伏持刀黑衣蒙面客偷聽、群眾在寺廟前濫殺無辜——章子越看越覺得古代社會骯髒齷齪，對以前的人性大為震驚痛恨，陷入悲傷陰鬱的情緒中。因此，章子翻閱這些書時，專挑那些賞心悅目的溫馨圖畫。一旦想起下一幅將是恐怖情節，便迅速用手指夾住頁面，閉眼快速翻過，這才放下心來。哪知某次章子以為已經穩穩夾住驚悚插畫，猛地翻頁後，睜開眼卻發現自己弄錯了頁面，駭人畫面就這般惡狠狠地呈現眼前，嚇得她心驚肉跳，面如死灰。

章子也挺喜歡壁龕那幅老油畫。

那是一人一犬在紅葉紛飛的林中仰望遠方天空的作品。風景中的人犬都畫得極小，卻有一種溫馨的感覺。此外，林中人似是一位非常孤獨的獵人，章子很是喜愛。望著他的身影，章子恍若聽見林間落葉被風吹拂的沙沙聲響，心裡也不禁湧上一絲寂寥。

廚房旁邊形同儲藏室的小房間，那扇竹節窗亦是章子的老朋友。記得是在五月梅雨季吧，只要是細雨綿綿的白天，或是潮溼微陰的天氣，章子必定靜靜坐在窗邊，凝視著外頭景致。

外婆很會煎霰餅。她先將白色方形小年糕的碎塊放入陶製平底鍋，等到餅塊嗶嗶剝剝可愛地膨漲後，再淋上添加大量砂糖，變得甜滋滋、黏糊糊的醬油。待霰餅有點兒溼潤，再一團團疊成球狀，然後放進紅色外層、黑色內裡的漆器食盒，盒蓋內側覆著薄薄一層溫熱的水氣。當外婆用削得細細的竹筷撥動，一團團小球便自個兒分開。外婆在碟子裡盛了好幾球霰餅給章子。章子雙手小心翼翼地捧著碟子，在小房間的窗前坐下。

章子會用指尖從霰餅球裡輕輕捏下一粒，送入口中。霰餅甘甜中略帶鹹味，好吃極了。窗外細雨紛飛如白絲，落在地上小草葉尖凝成水珠，繼而滴滴答答落下，章子看著那景象，將一粒粒霰餅慢慢送進嘴裡。

那是尋常科[01]三年級的夏季，七月的最後一天，隔天就要放暑假了。炎炎烈日下，章子頭戴紅絲帶草帽，帶著老師發還的聯絡簿回家。到家時一如往常等著外婆拿臉盆來門口給她洗腳，可那天等了又等，外婆始終沒出現。章子逕自進屋，在廊台地板留下一串小腳印。當她走進客廳，發現外婆和母親都在哭泣。

外婆的臉看不大清楚，母親哭泣的臉卻一覽無遺。只見一張臉腫脹變形，嘴角扭曲，表情詭異可怖。那副奇醜無比的面容，看得章子既失落又哀傷。

到了八月第一個星期日下午，牧師台的講桌鋪了白布，上頭擺著章子父親的照片。照片中的父親一雙大眼炯炯有神，烏黑濃密的頭髮一絲不亂，整齊服貼在額頭兩側。那是一張半身西裝照，領結上綴著金平糖形狀的小白點。

芬芳撲鼻的白色石竹花、白色大花杓蘭和白色桔梗花一束束裝飾在照片前方。

來到教會的人們並肩高唱讚美詩歌。章子夾在外婆與母親中間，坐在靠近牧師席的位置。隨著眾人歌聲的高低起伏，母親時而緊握章子的手，時而鬆開，似乎是藉此分散注意力，抑制想哭的衝動。

從那以後，母親和外婆對章子的疼愛更勝以往。

那年暑假的某個大熱天，金魚販子沿街叫賣的聲音傳來。章子央求要買金魚，外婆便立刻帶她出門，卻發現忘記拿錢包，連忙折返。與此同時，金魚販子在吆喝聲中挑著擔子漸行漸遠。「快點！快點！」章子在廊台外焦急催促，外婆十萬火急地從長火盆的小抽屜取出蕾絲零錢包，一邊匆匆塞進黑緞窄腰帶內，一邊牽著章子往外急奔。因為家裡只有女人，所以無論白天晚上都只開著矮牆的一扇窄小便門。外婆急著從那扇便門出去，沒來得及彎好身子，額頭狠狠撞上便門上緣的木板。

儘管疼得要命，外婆仍不顧一切地牽著章子朝金魚販子追去。

外婆給章子買了金魚，一回到家，母親看見外婆的臉時大吃一驚。外婆的額頭上冒出一塊淡紫色瘀青。母親用金屬臉盆接了冷水，拿毛巾替外婆冰敷，可誰也沒有責怪章子。

章子有一件憂心之事，就是升上女學校時，按母親和外婆的說法，她必須就讀母親任教的學校。一想到每天早上要跟母親一起走路上學就令她發窘，而且都還沒升上女學校，她已開始為此煩惱。

然而，這無謂的擔憂其實毫無必要。母親因病辭去教職，搬到關東平原某個山腳的鄉下小鎮，章子與外婆也一起住進那裡的舅舅家。

這裡的生活跟以前截然不同。舅舅家經營布疋、二手衣和當鋪的生意，家裡有店面、有倉房，連二樓都有寬敞的榻榻米房間。

三人搬來此處，母親又病了一段時間，後來決定到海邊養病，於是獨自前往海邊，住進那裡的一家醫院。

章子就讀鎮上的教會女學校，每天從舅舅家上下學。

外婆則像忠心耿耿的奴僕，悉心照顧章子。

章子放學回家後，跟舅舅家的人一樣從後門當鋪進屋，在餐廳做針線活的外婆一見章子進來，便尾隨她上樓。二樓樓梯口的大客廳隔壁，一間四張半榻榻米的和室就是章子和外婆的房間，章子的課本和個人物品都放在那裡。待章子把行燈袴疊好收妥，外婆便左右張望，確定四下無人後，這才取出奇珍異寶般地從櫥櫃角落窸窸窣窣摸出一個小紙袋，「妳可別跟表兄弟們說喲。」一邊低語，一邊掏出袋子裡的零食給她。

直到章子十七歲即將從女學校畢業前，外婆都會這樣偷偷塞小點心給她。二年級夏天——又到了多事的七月，七月既已過半，放暑假的章子待在家裡，再不久就要跟外婆一起去海邊的醫院探望母親，內心滿是期待。

果不其然又是月底，某天晚上，一封電報傳來母親去世的噩耗。

隔天清晨，舅舅搭早班火車趕往海邊的醫院。章子和外婆一大早在後門當鋪送舅舅離開。在內廳和倉房之間，一小塊庭院泥土上，夾竹桃的鮮紅花朵左右搖曳，深深映入她們哭得紅腫的眼睛。

從那時起，外婆變得有些歇斯底里。她有時過度寵溺章子，有時又為了雞毛蒜皮的小事大發雷霆，十分可怕。表兄弟原本就瞧不起外婆，跟她並不親近，這時更是經常惹怒她。外婆與舅媽也屢屢爭執不下，甚至還與家裡的女傭、店裡的夥計和掌櫃起衝突。而這群人每每把外婆駁得無言以對，說她的壞話，把外婆氣得頻頻落淚。

最終，外婆成了家中最不受歡迎的人物。

那是店裡要舉行特賣活動的前一天傍晚。

外婆交代明天要煮紅豆飯。舅媽表示家裡人口多，配菜一道道做起來忒費事，所以這種忙碌的日子只會煮加醬油和酒的櫻花飯，便吩咐女傭切好油豆腐，準備櫻花飯的材料。外婆見狀極是不滿。

隔天早上，女傭昨晚仔細洗淨放進笸籮，並用桶子蓋住擺在井邊醬菜小屋前面架上的米，竟翻倒散落一地。笸籮不可能自己掉下來——肯定有人惡作劇——若是小偷，應該會把整笸籮的米拿走，不會撒在地上；家裡的狗再怎麼大隻，也搖不動那個架子——因此眾人一致認定家裡有人使壞。

因為這天有特賣，進進出出的年輕建築工也圍在米粒散落一地的井邊，七嘴八舌地議論。女傭氣得臉紅脖子粗，罵罵咧咧地總算是煮好了飯。

所有人似乎都認定是外婆把米撒在地上，她三更半夜到井邊故意打翻笸籮已成定論。再加上昨天傍晚廚房裡，外婆和舅媽才為了紅豆飯和櫻花飯的事情大吵一架，大家覺得一定是外婆將不滿發洩在一笸籮米上，這推測再合理不過。

這一整天，外婆都沒有吃飯。

外婆動不動就出現這類舉動：例如一天之內把章子的鞋子仔仔細細地擦上三、四次，又或者指責十歲左右的表弟對她出言不遜，拿著長火箸追趕他。

時光匆匆流逝，外婆衰邁纏綿病榻，不知不覺間形容枯槁，奄奄待斃。章子放學回來，在外婆床畔撫摸那皺皺巴巴、只剩一層皮的醜陋雙腿，是她唯一能做的淒涼照料。

就在章子畢業典禮的前兩三天，外婆溘然長逝。

外婆——作為一名女性，她是何等淒慘不幸的老太太啊。章子這麼一想，又更加感傷了。

章子畢業的學校為了取得文部省的認證，必須進行各項改革，好符合國家標準，校方於是決定讓畢業生取得中等教師資格，日後回母校任教。因此，章子和志摩同學兩人獲得獎學金，前來東京某專門學校深造。那年春天，章子和志摩同學兩人來到東京，被安置於L小姐的宿舍。接著按學校安排，章子進入神田某所女子補習學校，每天下午上課，準備參加高等師範學校入學考；志摩同學則在一橋分校準備音樂學校入學考。

雖然章子開始了這種新生活，但無論她做什麼，都不是出於自己的意志，只是聽任他人安排。對這個世界、對人生，章子沒有半點信心、期盼或喜悅，不過是茫然無知地過活。她對任何事物都提不起興趣，也因此總是厄運連連。

畑中老師與夫人經常為此訓誡她。

有一次，夫人對章子說：

「妳知道嗎？法國作家羅曼．羅蘭（Romain Rolland）說過這樣一句好話：『人生絕非撒滿玫瑰花的錦繡大道！』喏，說得多棒啊。無論如何我們都必須努力，不用付出血汗就能得到想要的東西，那是騙人的。」

親切仁慈、學識淵博的畑中夫人這般委婉勸勉章子要努力奮鬥，可惜終究徒勞無功。這條孤獨、骯髒、沒有一朵玫瑰花點綴的人生道路，為何要流血犧牲才能走下去？章子不明白！完全不明白！她依舊像一顆洩了氣的氣球，在人間飄飄盪盪。

隔年一月，章子回舅舅家，被迫參加高等師範學校的入學考，在縣政府隔壁的縣議會議事堂寫了考卷，然後落榜。

儘管如此，校方為了讓她成為英語教師，打算送她去讀另一所專門學校，於是又安排她參加四月的入學考。章子在補習學校待了一年，學力照理可以參加該校本科一年級的插班考。畑中老師夫婦讓章子閱讀一些艱深的書籍，好增強她的語言能力，也算盡了對章子母校的責任。章子卻只是盯著頁面，查完字典就忘記，再查、再忘，如此反覆。最後她在插班考的口試猛說日語，差點逼哭年輕的外籍教師。於是，她再度落榜。

不止一次，而是連續兩次——這說來有如一場鬧劇，但總之，就連母校那群耐心十足的老師們也失望透頂。

畑中老師因為母校的介紹和委託，才接下志摩同學和章子的保證人及其他一切職務，他表明不願再承擔督導章子的重責大任，只保留L小姐宿舍的保證人一職。

志摩同學則一路過關斬將，直到音樂學校入學考最後一天都沒被刷下，並且順利通過口試，名列公報。

畑中老師收到了致賀信，裡頭說公報上沾滿母校音樂老師喜極而泣的淚水。志摩同學在考試前就從L小姐的宿舍搬到YWA。她說那裡距分校近，上下學方便，而且聲樂老師家也在附近，以這些理由名正言順地退宿。

章子歷經落榜、被志摩同學拋下的悲慘春季，成天閉門不出，鬱鬱寡歡。

母校這邊打算讓她在附設的小型幼稚園工作，趕在最後一刻向R小姐的保母養成所提交入學申請。

章子自己也很納悶，像她這樣一個讓所有人失望的懶散女孩，為何會被派去學習當幼稚園保母？根據校方說法，這是因為R小姐的保母養成所沒有入學考，所以眾人一致決定最適合瀧本，章子聞言也就乖乖上學去了。

既然是培訓幼稚園保母的學校，她以為每天跟孩子們玩耍，唱唱〈鴿子啵啵〉或〈龜兔賽跑〉之類的童謠，並用漂亮的千代紙摺摺紙鶴或寶船就行了，還暗自竊喜了一番，沒想到事與願違。

R小姐據說畢業自哥倫比亞大學保母系，臉上那副大大的夾鼻眼鏡在講台上閃閃發光，她說得一口流利的日語、漢語和英語，侃侃而談道：「說起來，Kinder-Garten這個單字的濫觴源自福祿貝爾，而這種幼稚園的教學理念又分為福祿貝爾式和蒙特梭利式，至於兩者熟優熟劣，實屬難分。」

她以此等語氣滔滔不絕地講解好幾個鐘頭，內容包括福祿貝爾的《母子遊戲》原著讀解、團體活動和保育方法等等。

除此之外，還有世界教育史、兒童心理學、童話童謠研究課程、兒童衛生學、玩具歷史、人類學上的幼兒發展、適合兒童的色彩研究、兒童相關科學、動物學、植物學等等正經八百的課程。每堂課都聘請擁有學士學位的講師或他校教授搭車前來，輪番為學生授課，講解、闡述、評論種種知識。除非老師遲到沒出現，否則學生就得不停抄寫筆記，好幾個鐘頭都不能停筆。

這一切跟章子的預期相去甚遠，驚訝之餘，繁重的課業更令她叫苦不迭。筆記往往寫到一半就力不從心，想說寫了事後自己也不可能回頭再看，疲倦時就乾脆趴在桌上休息，這裡漏一些，那裡掉一點。當她得知第一學期除了音樂以外，所有科目都要把筆記內容全部背起來時，內心驚恐到了極點。

儘管如此，她仍厚著臉皮應考。這所學校跟女學校不同，不會公布成績，因為不曉得自己考了幾分，反倒放下心中大石。

不過，R小姐在考試前對學生們說了以下這番話：

「既然各位都完成了中等教育，帶著明確的目標來到這裡，我也將妳們每一個人都視為已經在社會上立足的一位Lady。所以，我不會像對待小孩子那般，用數字或其他方式來評量學業成績，但相對地，我希望各位能夠好好擔起責任，盡全力認真作答——」

章子聽罷，羞愧難當。

因為她意識到，除非自己改變目前的心態，否則這輩子都無法盡全力完成任何一件事情。

畑中老師曾經這般評論章子——

「她只要用心就做得到。她又不是真的低能兒，只是對一切事物毫無誠意，所以才會如此糟糕！」

誠如其言。就算章子決心不要輸給其他女孩，要跟她們並駕齊驅，可惜她就是缺少約束和引導人生的那根關鍵釘子。

畑中老師和 L 小姐都試圖用榔頭將那根釘子牢牢敲進章子的癥結點，問題是那根關鍵釘子根本就不存在，所以榔頭落空，敲痛了章子，也惹惱了敲釘子的人。

在被榔頭敲打之前，章子渴望先獲得那根關鍵釘子。然而，誰也沒能給她釘子，只是一味讓她體驗鞭子和榔頭的痛楚。

簡而言之，因為缺少人生最關鍵的那根釘子，章子無論是在學校生活，或是在學習任何事物上，都注定不可能有好結果。

考試結束後，七月十日開始放暑假。十日那天早上，R 小姐說完第一學期結業式的談話後，站在教室門邊，對每個走出去的學生淺淺一笑，握手道別。章子無顏領受那握手和微笑。她意識到自己是個沒有價值的學生，活似罪犯低著頭，近乎甩開 R 小姐的手般地奪門而出。

從第二學期開始，隨著女學校經營者回國，母校也中止了對章子的補助。舅舅認為有義務讓章子成為經濟獨立的女性，決定資助她到保母養成所畢業為止。

迄今由於母校的關係，縱使飽受委屈責難，章子都不得不待在 L 小姐的宿舍，這下子總算有機會選擇自由的住處了。她早早下定決心離開宿舍，返鄉前便拜託志摩同學聯繫 YWA，所以舍監一通知她有空房，章子就再三央求舅舅，終於獲准搬到 YWA。

暑假結束返回東京沒多久，章子就搬離 L 小姐那裡，同時告別了僅剩下宿舍保證人身分這層薄弱關係的畑中老師。

就這樣，她獨自來到 YWA 的閣樓，然後在當晚不慎燒毀借來的燈籠，試圖用嘴吹熄火焰，最後潸然淚下……

三

因應這裡的生活，章子至少需要一張書桌。先前在 L 小姐那裡有一個類似自習室的大房間，桌椅書櫃是多人共用。不過，這次在 YWA 都是一人一間的單人房，所以需要一張書桌來寫上課筆記、放置學校課本和用品。

放學回程下電車過馬路後，沿街有許多大型家具店。

這天章子走進其中一家店。

當她看到各種家具亂中有序地從店門口一路堆放到後方，驀地靈光一閃——有一張桌子也不錯。因為缺少那根關鍵釘子，章子往往在事到臨頭又莫名其妙地改變主意，突然冒出平常沒想過的念頭。一旦決定在這間店買桌子，她便毫不猶豫、迫不及待地非買一張不可。話雖如此，這個念頭倒也不是無中生有、憑空出現，而是隱約想到了自己那間新住處——閣樓的藍色三角形房間。

首先，那是閣樓，而且是三角形的房間，有藍色木板牆和藍色房門，還有唯一一扇天窗——章子於是決定，放在房間窗戶下的當然必須是一張桌子才行。

章子對店員說：「我要一張桌子。」語氣一如去豆腐店說「我要一塊豆腐」那般隨意。

店員向章子展示店裡的桌子。只要是桌子，章子覺得哪張都無所謂，但店員的報價委實教人吃不消，畢竟章子阮囊羞澀。

店員終於忍不住提醒章子舊的比較便宜，然後帶她到堆放舊家具的二樓。

那裡有許多積滿灰塵的老舊桌椅，店員指著其中一張貌似塗了亮光漆之類的茶褐色舊桌子說：

「這張是××製圖所淘汰的桌子喲，是一整塊木板做的，舊歸舊，但東西很不錯。」

章子決定買下那張桌子。

店員又為她挑了一張有藤編坐墊的樸素椅子。

這下桌椅都齊了，章子請店員把東西送到ＹＷＡ，便先行返回閣樓。

如此這般，藍色的三角形房間有了舊桌子和舊椅子。

那張桌子就擺在唯一一扇小窗下，桌面放著筆記本和其他小東西。桌子有兩個抽屜，左邊放了梳子和肥皂盒，右邊收藏了兩張父母的舊照片。章子本想買幅相框，又覺得把照片裱框擺放出來，讓那些對她父母不感興趣的人看到太過尷尬——話說回來，章子現在自己住一間單人房，這種顧慮也不復存在。然而，裱框終歸太過張揚，便將照片單獨收在抽屜，其他什麼也沒放。

章子用舊毛巾擦拭桌子，發現毛巾上沾了不少黑垢。不過，一旦成為自己的東西，就好似有了生命般倍感親切。

章子在桌面謄寫筆記、預習學校的參考書或做手工藝品。這張單板舊桌子當年擺在某間製圖室時，或許曾經有一位年輕製圖師，雄心勃勃地操起圓規展示自己的新構想？又或者，某位老製圖師曾經眉頭深鎖，為了養活體弱多病的愛妻與眾多子女，無力地靠著桌面，用乾癟的手拿著直尺，持續枯燥的機械性工作？章子有時會一邊撫摸桌子那一整片光滑的桌板，一邊遐想。可惜木桌不通人語，始終默默無言，就只是順從地服侍它的新主人——貧窮愚蠢的女孩。而且，它從不哀嘆遷來閣樓的不幸命運，卻在小窗流瀉的光線下，散發淡淡的亮光漆味。

某天傍晚時分，章子正在桌子整理當天的筆記時，聽見窗邊傳來麻雀的啾啾聲。

哦呵，麻雀，麻雀啊！

這熟悉的小鳥啊！在吹著濁風的城市中央這棟建築的頂樓房間裡，章子過著幾乎與所有生物隔絕的生活，小鳥可愛的鳴叫在她聽來是何等愉悅動人？

章子從椅子上彈起，抬頭望向窗戶。

有啊，有啊，來了好多隻！

小麻雀和大麻雀在窗沿縫隙排排站。這群小傢伙為何來到這種地方呢？牠們或許是從遠方天空飛來，一路玩耍覓食，偏生大城市裡找不到牠們小巧可愛的鳥喙可以啄食的食物。牠們拍累了翅膀仍徒勞無功，只怕正大傷腦筋吧。這群鳥兒漫無目的地盤旋，成為一群天空漂泊者。然後，在牠們孤獨的流浪旅途中，一時好奇飛進灰色高樓頂端的一扇小窗——

開始啁啾高歌。
可愛的客人！第一批造訪章子房間的生物！
一隻……兩隻……三隻……五隻！五隻麻雀宛如來到客廳的年輕人，整整齊齊地排成一列，不時歪著腦袋，好似在細細聆聽美麗的富家千金所彈奏的蕭邦作品，只見五隻年輕小紳士穿著焦茶帶白斑點的老派三件式西裝，用同樣的調子反覆唱著小曲——啾、啾、啾……
儘管是一群不請自來的小動物，章子也想招待這些可愛的小客人些許東西。她從桌子左邊抽屜取出錢包，猛力打開藍色房門，一路飛奔走下四段樓梯，來到街上。
沿著街道走了一小段路，在還沒到電車軌道的地方，有一家米店。
「請給我十錢的米。」
她喊道。
身上還穿著行燈袴的章子手握十錢銀幣站在店裡，米店老闆滿臉困惑，終究是用報紙摺成的紙袋裝好白米遞給她。
章子小心翼翼捧著報紙紙袋，十萬火急地趕回閣樓。沿路有載貨馬車經過，還有許多人力車與自行車跟行人錯身而過——即使只是捧著一個小紙袋也很費力。結果不知怎的，紙袋底部破了個洞。章子還來不及反應，米粒已嘩啦啦地撒了出來，手掌怎麼擋也擋不住。手越摸，洞口破得越大，白米哩哩啦啦落了一地——因為雙手都抱著破了洞的紙袋，除非再長出一隻手，否則根本無法挽救掉落的米粒，章子只能眼睜睜看著米粒一路不斷掉落，就這樣回到了灰色大門內。從大門口的三合土地面開始，白色米粒沿著四段樓梯和走廊，在地上畫出一條蜿蜒虛線。

最後，唉，最後當她好不容易走進閣樓的藍色房間，掌中只剩下一點點的白米和一個空空如也的報紙袋了。話雖如此，她的額頭卻滿是汗水，上氣不接下氣！

不過，這些都不重要。

縱然只有一小把米，但獻給窗台上的小鳥們時，牠們的狂喜神情——單單想到那一幕，章子就覺得一切都值得了。

於是章子急忙跑到窗下，伸長脖子望向那扇窗……窗戶……窗戶徒留它自己的身影，可愛的漂泊者業已杳然無蹤——

唉，牠們又飛走了——追尋那永無止境的終點——飛向虛無縹緲的天際。

「為什麼不等我呢？笨麻雀！」

同為擁有生命的存在，人類與麻雀卻無法交談，這種不可思議又無奈的情況，令人不勝唏噓。

童話故事裡的勇敢王子明明就通曉鳥語啊？正如章子目前就讀學校的某位文學士講師所言：「童話中出現的那些不可思議的超能力，其實是人類渴求卻難以實現的理想與欲望的扭曲投射。」若然，我們或許可以肯定地說，寫出那個王子故事的童話作家，必然也曾試圖餵食麻雀，卻像章子一樣失去了牠們的蹤影！

成人渴望但得不到的事物，無論如何追尋亦難以實現的那些憧憬、希冀與愛戀，古人將無數縹緲傷心的嘆息和惆悵淚水凝聚書寫成童話，聊以解憂。從這個角度思考，這類創作實乃悲哀藝術的最高體現——

即令只是一篇童話故事，從字裡行間亦能聽見人類靈魂的哀鳴。

章子將米粒捧在雙手掌心凹陷處，站在房內泫然欲泣。

那群小傢伙到底飛去哪兒流浪了呢？明知無濟於事，章子仍舊依依不捨，拿椅子當腳凳，爬上桌面尋覓。

這是她頭一次以跟窗戶平視的角度觀察窗外的世界。

眼前的景象令人驚歎——是一片超乎想像的奇景。

灰濛濛的浩瀚天空抱著這顆孤單地球似已疲憊不堪，鬱鬱沉沉地伸向無垠遠方——在天空下方，人類居住的建築物頂部宛若各種殊形怪狀的物體，猶如凝固在地面的火山岩漿，勾勒出凹凸不平的線條。灰黑色的瓦片、紅褐色的銅片、避雷針倦怠可憐的身影、渾似猙獰猛獸的——煙囪。那片浩瀚天空與聳峙這片土地上的建築物之間，有著一片遼闊空間，其中各種無形氣體和無影聲響不斷盤旋上升——遠處鋪著大瓦的屋頂下，寺廟殿宇中祭祀亡靈的裊裊香煙芬芳馥鬱。那一縷香煙，以及此處石造建築室內富豪吞吐的雪茄深紫煙霧，還有紅磚工廠裡不停燃燒的大片煤炭黑煙——所有氣息混雜在一起，吸向彼方無垠天際。

街道中央川流不息的電車轟隆聲、鋪石路上蜻蜓點水般的輕盈步履聲、深宅大院傳出的閨秀歌唱聲、路邊糖果小販吹奏的嗩吶聲、為情所困的年輕人若有似無的嘆息聲，這一切交織成大地發出的人類合唱，升向那浩瀚天空——

地面的人類啊，抬頭看看天空吧！看看天空吧！看看蘊藏在天空中無限沉重的憂愁吧！章子痴痴望著自己毫無所知的天空，沉浸在無限寂寥的洪流裡。

卻說那群小鳥徜徉在憂愁大海般的天空中，又飛向了何方？

章子遍尋不著牠們小小的身影。

章子雙手滑落，捧在掌心的一小把米粒哩哩啦啦撒在桌面。

章子用沾了米糠的雙手抹去淚水，在窗前怔怔佇立。

四

ＹＷＡ建築內有一個寬敞宏偉的大廳，在學校相當於禮堂兼體育館的場所，是舉辦各種ＹＷＡ大型活動的會場，也是外國婦女團體每週一次練習舞蹈和進行足球比賽的地方。舉辦活動時，這裡會先發出打雷般的震天價響，好一陣子後，木製折疊椅一張張打開，排滿整個空間；可是，平常沒有任何活動時，椅子則會折疊收納於某處，大廳就變成極其寬敞的木地板空間，兩側有高大明亮的窗戶，正面搭建了一座華麗高聳的講台，左右連著階梯，形成一個凹字形。入口中央是原木雙扇門，兩側又各有一扇小玻璃門。梁柱裸露交錯的挑高天花板上掛著巨大的圓形毛玻璃燈具，宛如劇場燈光裝置般美麗——這座新落成不久的建築大廳，看上去明亮而氣派。

因為建築內沒有庭院，大廳就成了ＹＷＡ住宿生唯一的散步地點。

這座明亮的大廳講台旁擺了一架大鋼琴。這架鋼琴是純正德國製造，據說當初為了購置這架鋼琴，向國內外的貴婦們募集了大量捐款，是一件具歷史淵源的物品。

傍晚五點ＹＷＡ各個辦公室人員下班後，住宿生便獲准使用這架鋼琴。

二樓大會客室還有一架黑色的日製鋼琴，但按規定只能用來彈奏讚美詩歌——相較於一樓大廳這架褐色大鋼琴的象牙鍵盤，樓上的琴音委實黯然失色。

每當夜幕降臨，章子都會溜出閣樓的藍色三角形房間，偷偷潛入一樓大廳，然後躡足來到這架鋼琴旁。

鋼琴與章子——從三年級開春那學期起，女學校的選修課就多了樂器練習的選項。章子申請選修鋼琴，央求舅舅繳付少許樂器使用費。獲准後，她懷著莫大喜悅和期待，在滂沱大雨中撐著一把開花的兩傘，淋溼了半個身子，卻還是比其他人更早趕到學校。在音樂教室興高采烈地彈奏鋼琴時，那股令人窒息的全新驚奇感，為章子平淡乏味的生活增添一段生氣勃勃的獨特時光。

話說回來，章子到底有多大的音樂天賦呢？不不不，音樂老師僅僅肯定了她的專注認真而已。章子既笨拙又遲鈍，跟同一天從教本前十一頁開始學習的其他學生相比，她的進度遠遠落後。常常耗上半天反覆練習三個小節，雙手合奏時仍然弄錯指法，慌裡慌張地在鍵盤上滑動。就連簡簡單單的一行樂譜，她也沒辦法正確無誤地視讀出來。

然而，章子擁有活死人特有的一種可悲的毅力以及——麻木不仁。這讓她可以每天反覆彈奏同樣兩三頁練習曲，就算汗流浹背也面不改色。直到畢業前，歷經兩年如此異乎尋常的堅持，她的鋼琴教本終於有八成頁面沾滿了手垢。

音樂老師為即將畢業的章子準備了一份臨別贈禮，肯定她的毅力。

那是專門送給完成全部課程者的第一首鋼琴曲。對於勉強完成八成進度的章子來說，那首曲子無疑是受寵若驚的大禮。

那首曲子正是貝多芬的第十五號鋼琴奏鳴曲。

一聽見是貝多芬，章子的心臟都快跳出來了。

天吶，我竟然可以彈貝多芬！

這真的可以嗎？

就連身為音樂教師，但對樂壇毫無野心，甘作平凡婦人的亡母，當年亦曾讚頌其人偉大——那位超凡絕俗的音樂奇才貝多芬。啊呀，光是想到自己現在要彈奏他的一首作品，章子就為之顫慄。

若問章子迄今人生最重大的事件為何？肯定是她開始彈奏貝多芬奏鳴曲的那一天，其重大甚至超越父親死亡之日！也超越母親逝去當天！這無疑是她生命中前所未有的里程碑，章子如此深信。

一直以來，女學校的音樂老師都無法相信章子的生母是音樂工作者，待她親眼目睹章子聽見貝多芬就面色發白、呼吸急促、全身發抖時，才終於相信章子母親從事這一行！

章子全心跪倒在貝多芬這個偉大的名字面前——雖然第十五號鋼琴奏鳴曲不過是鋼琴初學者完成教本後拿到的練習曲目，就連日本十四、五歲的辮子少女都能彈奏，在國外甚至是小朋友第一首彈得滾瓜爛熟的曲子，嗳，這些又豈能減損貝多芬第十五號鋼琴奏鳴曲在章子心中的崇高地位！對章子而言，這是她終其一生所能演奏的唯一一首奏鳴曲！

章子堅信，這是世上最彌足珍貴、獨一無二、至高無上的鋼琴曲，是音樂界的瑰寶和巔峰之作。她甚至篤定地認為，所有立志於音樂的人，內心都燃燒著征服這首貝多芬第十五號鋼琴奏鳴曲的強烈Ambition，為之付出慘烈的努力與焦慮，苦練不輟。

無論如何，不管怎樣，貝多芬第十五號鋼琴奏鳴曲就是世上獨一無二的傑作——章子這種獨特信念又何來不合理之處呢？

在YWA建築內的夜間大廳，章子為自己創造了一個甜美動人的祕密歡樂世界——透過她在女學校畢業前終於能夠看著樂譜「彈奏」的貝多芬第十五號鋼琴奏鳴曲（如果彈奏這個字眼勉強成立的話）——以及透過「相信」貝多芬第十五鋼琴奏鳴曲是世上最偉大的作品——還有自奏鳴曲開頭的第一個音符響起，到最後一個音符落下為止，在餘音繚繞的這段期間，她便似「化身」為演奏這世界唯一名曲的樂壇才女、年輕鋼琴家……

章子將樂譜夾在腋下，躡手躡腳地進入大廳前，總是謹慎地躲在右側小玻璃門陰影處，窺探室內有無人影。多數夜晚，大廳都沒有開燈，黑夜的冰冷空氣瀰漫整個空間。不過，三樓住宿生有時也會來此散步、閒聊或唱歌，那時天花板正中央的兩盞電燈就會綻放令人羞怯的光線，照亮整片寬敞地板——在那種夜晚，章子只能無奈地將樂譜原封不動地帶回閣樓。

秋日漸深，夜晚亦變得寂靜如水，那片過於寬闊的木板地顯得有些冷清。而今，夜間散步者縱影全無，閒聊、唱歌和笑聲亦不復存在。

住在三樓的職業婦女們，輪流到彼此房間談笑嬉鬧。

章子每晚下來後，都會留意大廳暗處的動靜，運用視力以及有如驚弓之鳥的敏銳神經確認那裡再無他人蹤影，這才放下心來，打開中央雙扇門的一側，靜靜步入大廳。即使人已進入室內，她兀自保持高度警覺，豎耳細聽黑暗空間，不放過任何細微聲響或蛛絲馬跡——直至確信自己是這座黑暗大廳中的唯一活人，她才會挺直腰桿，以最愉悅輕快的步伐，筆直走向那架鋼琴。

只見鋼琴上擺著一盞檯燈，美麗的棕色竹編燈罩上糊了一層藍絲綢。章子扭開檯燈開關……一縷柔和光芒從藍絲綢燈罩中透射出來，照亮鋼琴那瑰瑋、高貴、莊嚴的鳶色亮澤身影……她虔敬地舉起雙手，鄭重其事地打開琴蓋……一排雪白琴鍵忽現……藍色光線再次折射，淌過鍵盤，又斜斜射向地板……她將小心翼翼攜來的樂譜攤開，放在鳶色琴蓋內側亮晶晶的譜架上……接著轉動鋼琴前面的圓形旋轉椅，調整到最適合自己坐姿的高度。

如此這般，演奏準備就緒，她以嫻靜的動作和優雅的態度坐定……雙臂壓抑著體內洶湧澎湃的力量，緩緩伸向鍵盤……熾烈如火的雙眸凝視樂譜……

哦呵，透過章子的幻想，一場世上最奇異美麗的盛大獨奏會此刻就要在眼前展開。她的幻影獨奏會即將揭幕……

下一瞬間，幽暗大廳變成燈火輝煌的音樂廳……

放眼望去，那般寬敞的音樂廳現場竟是座無虛席，塞滿了將人生熱情全數獻給音樂的聽眾：男男女女的音樂家們，內心飽受狂熱的藝術焦慮折磨、暗藏著藝術家難以抑制的苦悶嫉妒，遙遙瞪視今夜這位名曲演奏家；遠離祖國的異鄉人，因長久未能接觸偉大樂曲而惋嘆，為了滿足內心渴望，身穿禮服入座等待；來自西方音樂世家的人們齊聚一堂；盛裝打扮的年輕美婦，如春日花朵在音樂廳燈光下綻放馨香；手執黑色禮帽和身披黑呢絨斗篷的青年男子翹首盼望。當他們看見演奏家在台上現身，其中一名年輕人慌慌張張地脫下斗篷，卻不慎扯落領口一顆鈕釦……

啊啊，在這番光景中，演奏家章子靜靜坐在鋼琴前。哦呵，一道道無形烈焰般的目光和懾人心魄的肅靜充斥整座音樂廳……

那場演奏會的節目冊採用觸感良好的進口紙張——上面以斗大鮮明的字體印著「PIANO RECITAL」——整場表演只有一首曲目——

Sonata Op. 15…………Beethoven。

就這麼一首……

啊啊，就在這一刻，演奏家的指尖終於絢麗地落在琴鍵上！

壯麗音響如旋風衝天而上，打破音樂廳那片暴風雨來臨前的寧靜……金色洪水照亮天空，帶來神祕莊嚴的氛圍——火舌、密雲、霧靄和彩虹交織而成的樂聲……清徹嘹亮的琴音破開雲層，激湧翻騰……恍若海底深處的巨鐘共鳴，鋼琴和弦迴盪！鳴響！在璀璨耀眼太陽前，狂野的雲朵捲起熱風……光線狂躁亂舞……駭人陰鬱烏雲飛流……隨著旋律增強，節奏也越發狂亂，天穹光雲之舞自琴鍵尖端流瀉……啊啊……此時指尖放緩，綻放奇異瑰麗的極弱音符……先前的狂躁、亂舞和飛流煙消霧散……只剩徐徐拂過牧場青草的微風嘆息……少年牧人唇間悠悠的草笛顫音……勾起處子淚水，綿綿不絕的柔美琴音……溶成銀色星光的星河旋律……啊啊，何等美好的強弱音階……啊啊，多麼柔和的明暗曲調……在輕柔音符的底層……伴隨著輕盈飄逸的指法，逐漸自清亮共鳴的深處高漲顯露，那神聖熱情的呼吸，那深春誘人的悸動吶……不可思議的魔幻幽玄浪漫奏鳴……燦爛四射的宇宙神祕呼喚……優美寂寞繚繞的回聲……樂聲開啟人類靈魂深處的沉睡之窗，投映出前所未見的景像……啊啊，宛然寶石煙花綻放的精緻裝飾音……創造黎明、描繪黃昏、孕育深夜的音符……將天上的愛與和平帶到地上，真摯祥和的祈禱曲……

樂曲奏畢……最後一個音符緩緩消逝在瑰麗高貴的餘韻中！

令人窒息的無限恍惚之境——融化晃蕩眾人身心的巨大 Ecstasy 籠罩整座音樂廳……陶醉痴迷的男女……追逐未了白日夢的聽眾，珍珠般的熱淚在眸中閃動……搖曳……當演奏家輕輕一鞠躬離開鋼琴，正要靜穆走下舞台，剛從恍惚中醒來的觀眾，似欲擊碎自身手掌皮肉，爆出百雷齊鳴的熱烈掌聲，直如一首血脈賁張、澎湃激昂的交響樂……掌聲迴盪不絕於耳……拍手聲響永無止息……音樂廳的大門震動、哆嗦、顫慄……掌聲如激浪……掌聲如潮水……聽眾已達狂熱頂點……一名主持人激動異常、瑟瑟發抖，三步飛越寬廣的音樂廳直奔後台休息室，撲倒在偉大的演奏家章子腳下……然後高喊：

「再一次！再彈一次！拜託！求求您了！否則這音樂廳就被掌聲震成兩半了！」

章子再度走上舞台，站在鋼琴前……儼如見證救世主復活……歡喜的光芒和寂靜的顫慄在音樂廳擴散開來……只見這位年輕鋼琴家頭戴無形榮冠，拿著一只芬芳柔軟的絲綢手帕嫻熟地擦拭象牙琴鍵（實際上，章子是從袖兜取出白麻手帕擦拭鍵盤）。

…………

安可曲終結時……沉醉於音樂的聽眾中，一名年輕人跌跌撞撞地走到舞台正下方，他雙眼布滿鮮紅血絲，雙手劇烈痙攣，搖搖晃晃地揪住自己攏向背後的長髮，痛苦地倒在台下地板……他彷若在嗚咽、在哭泣、在訴說……啊啊，最終竟似在詛咒……連同淚水一起嘔出般……哦呵，他帶著淚水喚道：「唉呀……貝多芬啊……」……然後，這位可憐的年輕人完全失去了知覺……

站在台上目睹這一幕的演奏家章子熱淚盈眶……她淚眼婆娑地向聽眾鄭重答禮（章子確實在黑暗大廳中鄭重地鞠了一個躬）……名門貴婦紛紛捧著美麗花束，邀請這位樂壇新星到自家豪宅作客，章子一一含淚婉謝後，沉浸在胸口炸裂般強烈深刻的感激情緒中……獨自離開音樂廳……（章子打開大廳的門，站到走廊上）……

走廊燈光瞬間驅散所有複雜幻象和海市蜃樓，毫不留情地映照出一個衣著寒酸的女孩。只見她腋下夾著一本舊樂譜，孤零零、冷颼颼地站在那裡……就連那消瘦的身影——

少女時期罹患胸膜炎所留下肩高不一致的永久印記，都嘲諷般地投射在影子上……

離開了夢幻音樂廳，章子放輕腳步，朝聖般地悄悄走上通往閣樓的四段樓梯，落寞地回到自己的小房間。那裡有一張老舊的桌椅，在微弱的燈光下孤獨地等待主人歸來。

章子縮在那張冰冷堅硬的椅子裡，伏在舊桌案上，低聲飲泣——在幻想破滅後，當一切結束時……現實冰冷黑暗的鐵鍊再次緊束全身，這痛苦寂寥的折磨令章子難以承受……真相兜兜轉轉，到頭來，眼前只剩一片闇黑絕望大海……

活在空想中的女孩此刻頹倒沙灘，任憑殘酷無情的現實狂瀾一波波打在身上——就這樣在閣樓放聲哭泣……

譯註01——六歲入學的六年制尋常小學校，為日本在第二次世界大戰前的初等教育機關。

貝多芬第十五號鋼琴奏鳴曲。

我的神，我的神，為什麼離棄我？

第三篇

我的神，我的神，為什麼離棄我？——

一

章子疲憊地從學校回到ＹＷＡ宿舍，穿過通道，站到寬敞的三合土上——這時她發現秋津同學站在角落發愣。

秋津同學腳邊橫放著一個用繩子捆得牢牢的長形木箱，上頭還繫著幾張貨運單，顯然是從別處寄來的包裹——

「瀧本同學……」

秋津同學喚住章子，這是她頭一次喊出章子的名字。

這情況完全出乎章子的意料——她不知所措地愣住了。

「……這箱子裡裝了蘋果……請妳幫我一起抬到我們四樓去吧……」

秋津同學對章子說。

她指出箱子裡有蘋果，又說要「抬到我們四樓」。

章子走到木箱前面，將懷中裝著課本的黑包袱綁在木箱繩子上，好騰出雙手穩穩抬起箱子——木箱繩子上繫著貨運單，上頭收件人寫著「秋津環鈞啟」——章子才知道這口箱子必然是秋津同學的東西——但不管是誰的所有物，只要秋津同學一聲令下，章子定會欣然搬運，汗流浹背亦不以為忤……

兩人雙手抓住繩子用力一抬，這可真夠重的！

簡直像採礦師的指南針發現礦脈一般，緊緊黏在三合土上文風不動。

兩人費盡九牛二虎之力。

兩人同聲吆喝，相互打氣，一臉認真地擠出吃奶的力量高喊：

……One……Two……Three……

……一、二……三……

加油……嘿咻……

……嘿喲嘿喲……嘿嘿喲……

……哎呀南無大師遍照金剛……

……主啊救救我們……

千變萬化的助陣聲（或是求救聲？）從秋津同學嘴裡迸出，章子卻根本沒有餘力發笑。

這箱子也太厚顏無恥了吧？讓兩名少女急得有如熱鍋中的螞蟻，心臟噗通噗通狂跳，仍舊一動也不動，活似自地心長出的惡魔之子。

眼看自己的胳膊完全對付不了這口箱子，兩人長聲嘆息。

三合土上傳來啪嗒啪嗒的木片悶響。

「哦喲——妳在幹嘛？」

——此人絕不會說出「咦，兩位在做什麼呢？」這種客套話——

三合土上又多了一位新角色。

秀髮不算豐厚但很乾淨，僅留了少許裝飾性的瀏海，其餘全數盤在腦後，那髮型迥異於尋常女子，甚是俐落。只見那張蒼白面容上長著一對濃密端正的眉毛，下面戴著一副銀製鏡腿的無框大眼鏡，幾乎遮住大半張臉孔的兩個鏡片閃閃發光。一襲暗色行燈袴繫得低低的，下方露出一雙白色足袋，足袋腳趾夾著又細又白的木屐帶，那是一雙晴天木屐，屐齒材質是有巨大葉子的日本厚朴，正是它在三合土上摩擦——發出那個怪異聲響。

由於那張臉給人的第一印象，再加上日本厚朴屐齒的晴天木屐，足以讓人覺得她是個異類。但是就某種意義上來說，她的外型是多麼瀟灑飄逸吶！

「唉，我正在想用斧頭或什麼的直接劈開這可惡的箱子呢——」

秋津同學回答那人。

「咦——妳說什麼……那裡面到底裝了什麼啊？」

瀟灑人兒的聲音真誠直爽，痛快淋漓——

「呃，就蘋果……」

秋津同學隨口答道。

「蛤？蘋果！蘋果——妳說蘋果？！好吃欸——太好了——簡直太棒了——咦——妳說什麼？！用、用斧頭把它劈開——這也太野蠻啦——」

瀟灑人兒心直口快地驚呼，她的言論與身心達到一種 Harmony 的境界，星眸在鏡片後方熠熠生輝——這人說話與尋常婦道人家相比——比女孩們的用詞來得粗獷許多，卻絲毫不顯低俗，反倒像雨後清新嫩竹，予人颯爽不羈的暢快感——聽起來妙不可言。

多虧這位新角色出現，否則那口箱子恐怕老早被斧頭無情劈開——畢竟秋津同學對那箱東西已然失去耐性——但如今，它又幸運地撿回一命。

這人儘管身材細長骨感，卻是力大無窮。之前令秋津同學和章子裂眥嚼齒，差點要搬出斧頭劈開的那口沉重木箱，原本彷彿吸附在地板上，在這人雙手加入後，竟然就輕而易舉地抬了起來——

「嘿咻——這下沒問題了——喏，接下來就是神轎繞境啦——怎麼說神明本尊可是美味可口的蘋果大人嘛——」

這人如此說完，神采飛揚地率先搬起那口箱子——而她語尾發出的笑聲，是多麼開朗高亢而清亮呀——

三名少女奮力抬起蘋果箱，瀟灑人兒站在前頭——秋津同學與章子分據兩側，拖著木箱向前移動。

從入口來到走廊，接著要爬四段樓梯，這一路是何等艱難吶——

最初第一段樓梯，她們憑著成功移動箱子的喜悅，勉強拉了上去——可是，到了第二段樓梯中途，章子雙掌嫩肉附近開始感到撕裂般的痛楚——

「哇，好痛——」

秋津同學小聲哀叫。

「別鬧了——只要想想箱子裡滾來滾去的美麗紅色果實，這點小事算得了什麼？我……我……我可是那種——就算在冰天雪地，深井吊桶上的麻繩凍得跟竹竿一樣硬邦邦的，我也是死命抓著不放手，喀啦喀啦地拽上來！怎麼樣——這點小事又算得什麼——妳們倆到底幾歲呀？多用點力！」

前頭那人嘮嘮叨叨地訓斥個沒完，硬是將秋津同學、章子和木箱一併拽上第二段階梯頂端。接下來迎接她們的是一條曲折的長廊，章子稍作喘息。

「如果只有蘋果箱倒也罷了——現在還得把妳們倆一起搬上來，我的骨頭都要斷啦！」

前頭那人哂笑——

再怎麼被抱怨也無法反駁，畢竟事實就是如此。

一行人在走廊前歇息片刻——章子決心這次不再成為讓箱子變重的累贅，而要設法減輕它的重量，毅然握住木箱邊緣的繩子。

「這下總算輪到我受用了——」

前頭那人笑岔了氣。

箱子終於搬到第三段樓梯前。

「再堅持一下——決勝關頭往往就在最後五分鐘吶……」

前頭那人說。

爬完第三段階梯，只見上方——只見那盞辛酸孤燈自上方天花板灑落微紅光暈——既然都走到這一步了，章子也不願半途而廢，於是立刻（因為短暫休息反而會增加疲勞感）——舉步邁向最後一段樓梯。

秋津同學上氣不接下氣，似乎再也撐不住了。

「沒出息——妳這女人到底有沒有脊椎？」

前頭那人指責氣喘吁吁的秋津同學。

「真不甘心——」

秋津同學整個人撲住箱子，奮力向上一抬——然後，啊啊，蘋果箱發出一個美妙聲響，終於落在閣樓地板上。

前頭那人開懷暢笑。

從繩子中解脫後，章子攤開雙手一看——掌心皮肉被繩子勒出一道滲著血絲的紅痕——肩膀也痛了起來。

三人竭盡全力後，筋疲力竭地茫然佇立。

「噯，不過這也難怪，就算是深陷情網的不良少年揹著美女明星上樓，要他連續爬四段樓梯的話，到中途肯定也會想把對方拋出去吧——一開始當然是自己全心奉獻的摯愛，可到了第三、第四段樓梯呀，就變成礙手礙腳的包袱了——等他爬到最後一段，所有的耐心和愛意都消磨殆盡，恨不得當場甩手扔下對方，落得一身輕鬆哩——」

前頭那人一本正經地說。

「照妳這麼說，我們是把食欲的重要性置於情欲之上囉。如果這箱裝的不是蘋果而是情人，我們早就丟在半路上了。」

秋津同學亦是一臉嚴肅，睜著水靈靈的雙眼說。

章子愣在原地。

為了打開這箱蘋果，她們費了多大的勁兒啊！

首先，無論是秋津同學那把象牙鞘的精緻小銀刀，還是章子生鏽的破刀子，遇上木箱外層層綑綁的粗繩，刀刃都如柳葉一般綿軟無力。

只得一個人雙手緊緊拉住繩子，另外兩個人像銼刀那樣來回摩擦，耐著性子一根根逐一割斷。

總算是把繩子割斷了——可箱蓋卻被釘子牢牢釘住。

「這次真的該出動斧頭了，秋津同學，拿斧頭來！」

孤燈微光下，大眼鏡閃閃發光的人說。

「工藤同學——算了吧——我受夠了——」

秋津同學打從靈魂深處徹底放棄似的靜靜說完，推門走進自己的房間。

徒留下昏暗地板上的蘋果箱，以及喚作工藤的那人與章子。

「哪、哪……哪能這樣輕易就……怎、怎麼可以說放棄就放棄呢——我對這口箱子的執念可是如烈火熊熊啊。」

工藤同學雙眼透過鏡片瞪視地板上的箱子。

門內傳來一聲輕笑。

「笑吧！笑吧！隨便妳笑吧……我才不在乎呢！喂，妳跟我……大大、大顯身手……把它打開吧……來、來吧——」

工藤同學鬥志昂揚地看著章子。

憋著笑的動人語聲自門內響起。

「工藤同學，北海道的蘋果可是治療口吃的靈丹妙藥喲！」

工藤同學噗嗤一笑。

「笨蛋。」

兩人手邊沒有任何開箱工具，只得四處尋找。

閣樓上兩個三角形房間相鄰而立，藍色房門外兩段樓梯轉上來的角落空地上，昏暗的地板堆滿各式雜物，大概是閣樓過去儲藏室時代所留下的遺跡。其中最大的遺物是一張舊床架，只見鐵管的白漆斑駁剝落，底部彈簧鬆弛不堪，撐在四個床腳間的窄鐵板有一根釘子鏽蝕，搖搖欲墜。

次大的遺物則是一座高大陳舊的中式竹編書架，上頭積滿了灰塵。書架下丟著一只破破爛爛的小行李箱。一個大籃子滾倒在旁，大張彩色傳單從中露出，是YWA的宣傳廣告，上面印著輕衫外國少女的半身像，配以英文字樣，就像外國雜誌封面插畫一般。

籃子後面散落著一些粗糙木塊，應該是將這個儲藏室改造成居住空間時剩下的建材，盡是連木工也棄之如敝履的廢料。

工藤同學從那些木塊中撿起一根五、六寸長，由原木隨意劈成的不規則角材，拍著掌心說：「好極了！好極了！」

接著走近舊床架，用木頭鏗鏗鏘鏘敲打床腳間那片搖搖欲墜的鐵板。

工藤同學耐著性子敲打好一段時間，細細長長的鐵板噹啷一聲落地，鏽蝕的釘子從鐵板上鬆脫。

「好，沒問題了。」

工藤同學火速跑到蘋果箱前，將鐵板尖端插進箱蓋與釘子之間的縫隙，然後說：

「妳抓牢這個。」

章子雙手緊握鐵板，神情嚴肅。工藤同學揮起木頭，鏗鏗鏘鏘一陣敲打。每一下都令鐵板劇烈抖動，震得章子手臂發麻，但她拚命忍住不動。

箱蓋終於撬開一半，裡頭的鋸屑撲撲簌簌飛濺出來。工藤同學迫不及待地扔掉木頭，把手伸進木箱，從鋸屑堆裡挖出一顆紅彤彤的果實。

她把果實放在掌心，也不拂去上面沾附的少許鋸屑，活脫脫一個得到紅色手毬的孩子，天真無邪樂開懷。

「來，妳也伸手進去拿一個吧。這箱子早就被主人遺棄了，既然是我們兩個把它解救出來的，自然有權品嘗——是不是啊，秋津同學？」

工藤連珠炮似的對著門內喊道，卻是無人回應。

工藤同學把箱子裡的蘋果一個個硬塞在章子手裡。

「來，我們到房間去，現在來開個蘋果派對如何？」

工藤同學喜上眉梢，自顧自地打開秋津同學的房門走了進去。

「秋津同學，我把開箱助手也帶進來囉。」

她說完，回頭向章子招招手。儘管有人邀請，但畢竟不是房間主人秋津同學的意思，章子躊躇不前。

「沒關係啦，誰管她呢？進來吧。然後讓她好好感謝妳這位助手。」

工藤同學如是說，用身體擋住門把，敞開門等著章子。章子盛情難卻，只好走進房間，一顆心七上八下。

「哦喲！這人居然睡著了？」

工藤難以置信地脫口驚呼。

只見秋津同學宛如搖籃中的嬰兒，香甜酣睡在房間木板牆角的藤椅上。雪白臉龐安詳平靜，優雅眼皮輕柔如煙，裊裊籠蓋一雙明眸。

她窈窕纖細的身子輕輕橫躺在藤椅上，袖子與衣襬在那柔美曲線上投射出皺褶淡影。

藤椅、藤椅——章子曾在隔壁聽到細微的吱呀聲，當時便猜想或許是藤椅，如今證實她的直覺是對的。

工藤同學背對熟睡中的秋津，在窗外射入的光線盡頭處，就著室內中央一張貌似黑檀木的高雅黑桌，用先前割斷木箱繩子的小刀削起一顆紅蘋果。紅色果皮轉眼滑落在烏黑發亮的桌面，露出白色果肉。

「好香啊！」

工藤同學把削到一半的蘋果湊到鼻尖，喜孜孜地說。

「……是什麼花？」

藤椅上傳來秋津同學夢囈般的嚶嚀——年輕嬌軀陷沒在華美的藤椅坐墊裡，或許正沉浸在朦朧美夢中吧——

「嘻嘻……花兒哪有蘋果香……」

工藤同學將一片蘋果送入口中。

秋津同學醒了過來，柔軟的髮絲垂落額前——她似乎尚未完全從午睡夢中清醒，明眸猶自帶著一抹溫柔迷霧——章子見到了剛睡醒的少女那種難以描繪的美——

或許是沒料到章子會出現在此——秋津同學白皙的臉頰驀地酡紅——

「啊，討厭——我還以為是什麼花香呢——」

那一刻，秋津同學眼角微潤，側眸嗔睨，芳唇含笑，美得令人屏息。

「嘻嘻嘻，真是個傻丫頭。」

工藤同學眉開眼笑——她手中的蘋果此時既已完全削去果肉，剩下小小的果核。

秋津同學端出三只印有小朵野薔薇圖案的西式小餐盤，配上銀色的可愛甜點叉。

在食堂跟章子一樣食欲不振的秋津同學，現在也喀嚓喀嚓地用皓齒嚼著雪白果肉。

「如果人類只靠這些水果生存，該是多美好啊……」

秋津同學如是說。

「南洋土著就是這樣，他們可一點兒也不美哩——」

工藤同學笑道。

「下次我們可以試試在薔薇花瓣上淋些牛奶來吃——嘻嘻嘻嘻嘻，感覺就像那些『Art For Art』的藝術至上主義派會做的甜點……」

工藤同學又冒出這般奇思妙想。

工藤同學獨自個喋喋不休。她問了章子的名字和學校，然後自我介紹說她叫工藤隆子，跟秋津同學是同校同年級的朋友。她還毫不避諱地透露自己患有哮喘的老毛病，為了控制發作得注射藥物，也或許是這個原因，最近開始有點口吃，在學校課堂上朗讀時略感困擾。初次見面就被迫聆聽這種私事，章子非常吃驚，也不知該如何回應。秋津同學似乎對工藤同學的個性瞭若指掌，毫不訝異，亦未加理會，任由她說個不停。

「這蘋果真是好吃，大自然實在太慷慨了，創造出如此佳果。不像人類，再怎麼精進廚藝也做不出這般滋味——大自然的創造力太了不起了！」

工藤同學嘖嘖稱讚，留下大量蘋果核。

工藤同學自顧自地高談闊論、大快朵頤，隨後飄然離去。

離開藍色房間時，她瞥見擱在樓梯間空地的蘋果箱，便向秋津同學提議：

「好日子還沒完呢——不如下星期天開個蘋果派對吧？可以找矢野同學、佐佐川同學、森同學，她們肯定會風風火火地趕來，比父母臨終奔喪還快呢。」

二

與其他學校不同，幼稚園的遊戲常常持續大半天，弄得渾身髒兮兮，因此章子的頭髮總是很快就沾滿塵土。

對一切事物漠不關心的章子，唯獨對自己頭髮的髒汙還是有些在意。

她準備好梳子和肥皂，跟平常一樣到樓下浴室。不過，更衣室窗下貼了一張告示，上面註明：請遵守瓦斯供應時間，在幾點至幾點間沐浴完畢，逾時禁止入浴等等。因此，每到規定的洗澡時間，浴室總是人滿為患。沸水鈴聲一響，眾人蜂擁而至，獨自安靜洗頭這種貴族般（貴族自是不可能跟庶民擠大澡堂）的享受是門兒都沒有。

章子別無選擇，抱持征戰沙場的誓死覺悟，決意在這天的洗澡時間洗頭。

偏偏洗澡時間的鈴聲響起後，她又磨磨蹭蹭了好一會兒，待她姍姍來遲，更衣室兩側的衣架早已塞滿衣物，觸目皆是黑白藍等五彩繽紛的和服與腰帶。

以前在L小姐的宿舍是兩人一組輪流使用小型日式浴室，所以來到YWA的半西式大浴室，目睹這麼多人同時洗澡的景象，章子難免心生怯意——每次要推開浴室門時，總是猶豫再三。

蒸氣瀰漫……氤氳嫋嫋……一片煙波浩渺的世界在眼前展開……那霧氣繚繞中，人體各種奇怪的姿勢片段浮現又消失……浮現又消失……消失……再浮現……移動……飄浮……

柔軟曲線起伏搖擺……

章子亦漸漸湮沒其中……

蒸籠般的燠熱水氣裡……恍若噴灑了龍涎香——人體的溫度與氣息四處飄散……

這間帶有西洋風格的浴室，雖然稱不上美輪美奐，倒也算是寬敞整潔。

天花板很高，地板是水泥的，牆壁砌著石磚，左右兩側凸出幾座U型白瓷洗手台，每座都裝有「Hot」和「Cold」兩個銀色水龍頭。浴缸前方牆上裝有兩根長鉛管，管端連著橡膠軟管，軟管末端則裝了一個形如蓮蓬的金屬器具，上頭有許多小孔。兩組長管中間隔著一段適當的距離。

章子認出那是她在外國雜誌廣告上見過的洗頭器。

章子在臉盆溶開肥皂，拿到那條管子下方，不斷扭轉銀色水龍頭放熱水，卻一滴熱水也沒流出來。她暗忖難不成是水龍頭故障——但頭髮都解開了，不禁絕望欲泣。

熱氣蒸騰中，斷斷續續傳來人們高亢雜亂的語聲，震動浴室迷濛厚重的空氣——獨自抱著臉盆的章子猶如一葉孤舟，感到天旋地轉——

「……妳——」

一個銀鈴般的聲音響起。一條纖纖雪臂劃出一道柔美弧線，從蒸氣中突地出現在章子面前。

原來是秋津同學。

章子試圖扭開熱水的洗頭器旁邊，秋津同學正在另一組管線前梳理溼漉漉的黑髮——看來她也在這晚洗頭，而且即將終了——

「妳要熱水嗎？」

伊人如此問完，緊緊握住管子上方凸出的車輪狀銀色旋扭，向右或左一轉，只見夾雜白色泡沫的熱水從金屬器具的眾多小孔中噴湧而出，轉眼間溢滿臉盆……

粗心大意的章子沒注意到管子上方的關鍵旋鈕，這才折騰了老半天。

章子這下終於可以開始洗頭了。

章子略顯疲憊地走出浴室時，秋津同學早已穿好水藍色單層羽緞和服，正用一條白色大毛巾擦拭溼髮。章子也穿回衣服，同樣用乾毛巾擦去髮上水珠。她有些擔心——都晚上了，要在這棟建築物何處弄乾剛洗好的頭髮呢……

明明可以問秋津同學，卻莫名感到難為情……

她正猶豫不決時——秋津同學走了過來，說：「我們一起到露台去吧。」

露台——原來還有如此妙處，章子很是高興。

兩人一起爬了兩層樓梯。

三樓那條寬敞長廊右轉走到底，有一扇大玻璃門。秋津同學推門而出——兩人走到外面——露台——秋津同學以她一貫的風格，沒忘記給這地方冠上如此雅緻的名稱——其實這裡的主要功能就是晒衣場，但秋津同學希望人們保有將它視為露台的情懷——章子當時確實有一種置身美麗露台的錯覺……

月光流淌在「她們倆的露台上」。

飲下名為夜晚的神祕魔藥，都市景色變得何等絢麗啊——章子被深深吸引，驚豔得透不過氣來。

若是白天來到這裡，放眼望去盡是參差不齊的冰冷建築，各自主張著自己的利益，大大小小的建築物在陰鬱沉悶的都市天空下彼此推撞擠壓，千篇一律的陳舊灰色調和刺眼紅磚牆，在雜亂無序的風中搖搖欲墜——可是，那些令人不快的建築物難不成被吸入了地底深淵？此刻竟是無影無蹤，只留下一片柔軟如黑天鵝絨的夜霧海洋。而在遠方，夜晚汪洋上的錨泊大船如夢漂浮，船艙窗戶透出閃爍不定的紅燈。大海啊——大海——夜之海啊——遠處傳來的陣陣迴響，正是勾起船夫鄉愁的夜海樂章——那是浪花拍岸？亦或潮汐滾湧？

此時此刻，章子儼如置身深夜航行的船隻甲板，沐浴在皎潔的月光中。

忽地側首，但見秋津同學亦是默默無言，若有所思，月光在她翦水秋瞳中流轉，柔荑撫弄著肩上散落的青絲，神態恍惚地倚著欄杆，面容嫵媚至極——

美人魚若是因為戀慕月光而倚在海邊礁石上嘆息，恐怕就是這般姿態了吧——章子萌生如此令人臉紅心跳的傻氣幻想。

秋津同學掌心捧著一個小玻璃瓶，琥珀色液體在瓶中晃蕩，她輕輕捻壓瓶口的小橡膠球，嘶嘶一聲，一縷香霧噴出……她也在章子髮間噴灑陣陣香霧……月光下，香霧化作淡淡虹彩，俄頃消散在兩名少女的秀髮間……

永永遠遠、生生世世，只盼此刻能永恆延續——如果地球終將毀滅，但願兩人能這般相伴至最後一刻——章子在心底由衷祈禱。

三

愛上同性——這是人世間最不幸、最可憐、最見不得光又最讓人瘋狂的愛欲煎熬，章子只能戰戰兢兢地暗自承受。

自從那晚——頭髮半溼的兩人在露台沐浴月光之後——她便不斷回味那一夜的綺麗美好……

當她意識到自己——思念著秋津同學——就再也無法直視伊人面容——萬一伊人發現章子內心孕育著這分難以啟齒的畸戀……這種憑空想像的疑慮讓她陷入前所未有的羞愧與恐懼，飽受折磨。

每當她獨自在狹小的三角形房間裡寂寞思念，忽聞房外樓梯傳來細小的衣物摩擦聲……微弱的腳步聲……章子一顆心就怦怦跳得厲害，身子也因為某種說不出的渺茫不安和恐懼而抖個不停。

每天早上在浴室洗手台相遇——有時秋津同學會來章子隔壁的洗手台漱洗。這時章子便心神不寧，慌得連手腳都不知該擺哪裡。就連對方輕聲問候「早安」——章子也像有什麼東西卡在喉嚨，全身僵硬，無法立刻回應——

某天早上，發生了這樣一件事。

章子的牙刷不小心掉在水泥地上——那是她用了很久的一把牙刷，有著象牙般的刷柄，形狀貼合牙齒的白色刷毛，柔軟如絲綢——刷起來很舒服的可愛牙刷，是章子的心愛之物——因此見它跌落地面，章子十分不捨，心裡很難過——話雖如此，既然掉在大家拖鞋踩踏之處，也無法拾起放回嘴巴繼續使用——正當她要黯然放棄——身旁冷不防響起一聲粗魯叫喚：

「妳要丟掉那個嗎？」

章子發現有人注意到她一直盯著掉在地上的牙刷，略顯尷尬地沉吟不語。

「妳要丟掉的話，不如給我吧？我正好想要一根塗鞋油的刷子——妳那把舊牙刷……」

…………

待章子終於明白對方的意圖——內心頓時湧起一把無名孽火。長期在她口中打掃的可愛牙刷——豈能讓一個素不相識之人拿去當擦鞋油的奴役——與其交到那廝手裡，倒不如直接沖進角落的排水口還更痛快幸福。洗手台上的毛巾架上掛著兩三根紅色橡膠水管，她拿起其中一根，插進水龍頭，把管口對準掉在水泥地上的可憐牙刷。水柱嘩啦一聲噴出，慢慢沖走牙刷。可是，單憑一根管子的水力，要花上一段時間才能沖進排水孔。章子是無論如何都不想將它交給別人，顫抖著雙手拚命沖水——當初妄圖將章子掉落的牙刷撿去擦亮自己鞋子的那廝，此刻站在旁邊看著她近乎瘋狂的行徑，不知作何感想？不過，這些都無關緊要——如果對方現在還要強行索討，章子說不定會直接把橡膠水管的管口對準那混帳傢伙的臉，狠狠噴將過去。

正當滿頭大汗的章子心煩意亂、焦躁不安地拚命用水柱沖著牙刷，旁邊忽然多了一個助手。

站在章子隔壁洗手台的秋津同學也拿起一根橡膠管，接上自己那邊的水龍頭，朝水泥地上的牙刷猛力噴水。因為是毫無預警的無聲行動——當秋津同學那雙沾滿可愛肥皂泡泡、散發肥皂柔和香氣的纖手握著橡膠管出現在章子眼前，章子嚇了一跳，但她正處於憤怒狀態，因此毫不退縮，反而受到鼓舞似的繼續噴水。如今雙管齊下，牙刷飛快漂走，終於落入角落排水口——章子如釋重負，差點要高呼萬歲

總之，一想到可愛的牙刷免於替那廝鞋子塗鞋油的恥辱，章子感到無比欣慰。

那把長時間輕撫自己唇齒的心愛牙刷，要是刷頭染得黑不溜丟，在鞋皮上嚓嘎嚓嘎地刷來刷去，此等受苦受難的不幸畫面，光想像便令章子難以忍受。

章子欣喜之餘，意識到秋津同學或許早已洞悉自己的心思——噯，該如何對主動拿水管相助的秋津同學表達謝意呢——念及此處，喉間又似被硬物哽住般……不過，當她朝身旁洗手台偷覷——發現對方也正看著自己。

……真是太好了……

那雙明眸這般訴說——

章子就讀的學校修業年限較短，課程安排緊湊——因此總是拖到傍晚五點左右才放學。深秋五點，天色已暗。章子搭電車抵達九段上的轉車站時，現場人山人海，不論是前往兩國還是浅草、須田町等路線——乘客活像打仗般爭先恐後地往車廂擠——可是進站的電車早已客滿，再怎麼擠也擠不進幾個——因此搶先上車的都是男人，而且往往是穿著筆挺的三件式西裝、腋下耀武揚威地夾著厚重外文書的紳士，或者前往浅草逛街的學生——反正每天擠上電車的清一色都是身強力壯的男乘客。某次，不知是士兵還是軍官的一群男子擠開人群，施展他們拿手的機械體操技巧，一把抓住駕駛台的鐵棒，翻身躍上身廂，其中一個人的沉重皮鞋還不小心踢到章子肩膀。一夥人繼而吹著口哨，盯著那些被遺留在陰暗街道上的婦孺，得意地哈哈大笑——

「他媽的王八蛋——軍人有啥了不起啊！」

章子身邊一個貌似亦被他們的泥靴踹中的工人開口咒罵，肩上沉甸甸的工具哐啷作響——

目睹體格魁梧的紳士們粗暴推開婦女傲然登車，令人好生疑惑——他們是否知道自己的母親亦是婦女？他們的妻子不也是女士嗎？

然而，最令章子陷入強烈失望與憤怒深淵的，則是這群青年的態度。你看！這些年輕人口口聲聲譴責舊時代的陋習，卻在電車上重蹈他們父執輩的覆轍！

即便早已遠離學者兀自爭論婦女是否具有靈魂的古老世紀，到了這個時代，這群新文化、新教育孕育出來的青年——本該在舊世界的廢墟上建設新人類的幸福殿堂，開創更美好的時代，這群年輕人卻大半淪為——日本都市電車上的無知野獸——他們不忘炫耀自身可以輕易推開老弱婦孺躍上車廂的年輕體魄！

他們一腳搭上駕駛台，巧妙地攀著鐵棒，漂亮騰身上車而沒有失手跌落，那種他們自詡為英姿颯爽的姿態——假使他們痴心妄想透過這種惡行吸引漂亮女孩——那日本年輕女性真是前途無望了……

任何一名年輕少女——彷彿隔著一層難以形容的薄霧遠眺彼岸燈火——對同處青春

世代的的青年男子抱持朦朧美好的憧憬——但這分憧憬都將在那一瞬間無情幻滅——然後，唉，一想到命運之手有朝一日將從這群人裡選出自己的丈夫，便覺人生是如此惆悵無助——淚水湧上章子眼眶——

這些嘆息與憤怒，若是安靜優雅地在榻榻米上思索，也許會讓人忍俊不禁、笑岔了氣——可是換作微寒的夜晚——歷經一整天的勞累，帶著疲憊飢渴準備返家的弱女子，站在夜幕籠罩的街頭，眼睜睜看著一輛又一輛的電車呼嘯而過，最終還慘遭腳踢和肘擊，又怎能不淚眼婆娑、失望憤怒呢？

每天傍晚一再目擊如此膚淺、醜陋、令人沮喪的悲劇，章子無法忍受此等痛苦，終於決定只從學校搭電車到九段坂頂端，之後一個人走回鬧區的閣樓。

一個人走回家固然悲傷，但與其勉強擠上人山人海的電車，帶著不愉快的心情、黯然神傷地被運回宿舍，這個決定幸福多了。

啊啊，那是多麼美麗的景象吶！

夜幕低垂，九段的神社內——靜謐的秋日黃昏，華燈初上，天空好似披上一層清涼薄紗——櫻花宛若夢境中長出的哀愁之樹，虛無縹緲，似遠又近——枯葉在地上、在石板上寂寞起舞，沙沙作響——那感覺就像遠離城市，獨自走入荒野盡頭的幽寂森林——心緒恍惚地穿過大鳥居時——迎面走來的人影與交談聲亦變得模模糊糊——彷彿在各自夢境旅途上偶遇的陌生人，讓人莫名生出一股親切感……潮溼的夜晚空氣猶如吸飽水的海綿，柔弱到伸手一掰便能撕開那般。鳥居前的草地旁，一層薄薄的白色夜霧輕盈流動——兩盞供奉神明的常夜燈業已點亮，綻放聖潔慈愛的煦煦柔光——一對紅翅水鳥似是靜止不動地浮在夜霧之上——章子亦似在夜霧中漂浮，緩緩流下斜坡。坡下是遠方的城市夜景——夜晚燈火勾勒下，古城輪廓朦朧矗立——紅燈、銀燈、藍燈——閃爍、明滅、消失又浮現——難道是深藏於千尋水底的美麗魔幻龍宮現身於彼方？遠在斜坡下方的海底不夜城燈火吶——而那如同水底傳來的喧囂轟鳴——說是夜晚，又未完全入夜，這薄暮時分的城市燈火，冷冷清清，令人珠淚汍瀾——

沿著斜坡一步步走下去，全身被吸入那片城市燈海中——待意識到自己置身於燈火閃爍的陸地時，四周神祕馥郁的幻想倏地無情破滅——然而，黃昏時分走在那座橋上，倚欄遙望的河岸燈火啊！

九段坂的下方，電車和汽車川流不息，在行人熙來攘往的繁忙十字路口呼嘯而過，無情打碎坡上幻象，令人悵然若失。落寞前行，忽見一棟陰鬱不起眼的淺灰色郵局，籠罩在濃郁的寂寥夜色中。街道另一側停著小攤車，油漬斑斑的老舊方形紙燈籠，映出「御壽司」

幾個墨字——兩三個類似的攤販一字排開——繼續前進，來到俎橋邊——咦——水聲！是水聲……薄暮時分的城市河流，徐徐穿過厚重夜幕，縫上一縷淡白水光——水波悄悄洗刷河岸石牆——石牆間的大型水泥排水管口轟隆隆……轟隆隆地噴出一股又一股帶著綿綿白沫的水流——河岸人家的燈光，淡淡掠過水面——暮靄漸濃，籠罩水面，水上映出許多繫纜飄蕩的貨船剪影——每艘船都透出微弱燈火，在輕柔霧氣中閃動，好似在水面擺盪的紅色水滴……從此處朝遠方飯田橋望去，河面一片暮靄迷濛——船上燈火搖曳——儼如一口載著孤獨人類靈魂的棺柩，在水上漂流——如夢——似幻——船兒隨波逐流——

在橋中央疾馳而過的電車轟鳴、人群喧囂也陡然消失，只剩下繫在暮靄河岸的船隻燈火，在章子無端淚溼的眸中化作一片蒼茫，無邊無際地向四方延伸……袖兜和衣襬在夜晚河風吹拂下，變得有些潮溼沉重，一顆心亦被浸潤，如蔫蔫小草垂頭喪氣，孤孤單單——章子穿過燈火通明的街道，在這悲傷夜晚，恍如夢遊症患者般渾噩步入灰色建築。食堂微寒，空無一人，她靜靜縮在角落，獨自吃著簡陋的晚餐。眾人用餐後的凌亂桌面——白色桌布上，到處都是大小不一的食物汙漬——七零八落的骯髒餐具在冷冰冰的暗淡燈光中透著一絲蕭索……章子食不知味——在空蕩蕩的食堂角落，獨自握著冰冷的筷子，指尖不由自主地一鬆，涼掉的茶水自無力握住的杯中灑出——強烈的寂寥湧上心頭，眼眶也紅了——

章子離開食堂，步履蹣跚地爬上樓梯，來到寬敞的走廊。走廊上各個明亮的房間裡斷斷續續傳來人們的高聲歡笑、為解悶而彈奏的曼陀林天真快活的纖細顫音——那裡的生活與章子橫亙著深不可測的鴻溝，兩者的命運和靈魂判若雲泥——這種想法讓她萌生一種難以承受的沉重憂鬱，彷彿有一塊古老的鉛錘壓在她支離破碎的心房。

當章子來到最後兩段窄梯下方——她首次在寂寞淒涼中感覺到，那裡有一個能夠徹底安放身心的小天地。

沐浴在熟悉的孤燈光線下，緩緩走上兩段窄梯。左側章子的房間幽幽暗暗，但右側的藍色門縫透出細微的室內燈光——僅僅是窺見那道微光，章子就莫名感到一股灼熱悸動。

房裡偶爾會飄出一縷天籟般的歌聲——可惜一聽見章子的腳步，歌聲就會驟然停止。那歌聲與章子搬到這藍色房間的頭一晚，樓下隱約傳來的動人旋律相同——那晚歌聲想來亦出自伊人檀口，章子又深深思念起那夜天籟。

燈光下浮現的老桌椅——章子再提不起勁坐在硬邦邦、冷冰冰的椅子上了——在學校教室坐了一整天——接著縮在空無一人的食堂——現在又待在自己的房間裡——章子垂頭喪氣地坐在房間中央，表情呆滯，對一切視而不見的無神雙眼望著冷清清的空間，儼如雕像般蜷成一團，一動也不動。

對伊人的強烈思念直如一簇看不見的純白火焰，但兩人始終隔著一堵藍色木板牆，近在咫尺卻宛若天涯，身處兩個不同的世界。秋津同學與章子現在雖然睡在同一個屋簷下，終將如路人擦肩而過，各自天涯——一如迄今與章子相遇又離散的許多人——章子不由想到那遲早會到來的悲傷之日。而直到從此天涯陌路的那一天為止，就連一句「我想妳」，就連這麼一句話也說不出口——恐怕只能如影子淡去般，黯然離開伊人身邊——

熱淚在章子眼裡打轉。

冰冷的藍色牆板——將瀰漫著心上人氣息的房間與章子臉孔隔開——章子伸出沾滿淚水的無名指，在那冰冷牆板上寫下「秋津環」這令人眷戀的名字。可憐章子不知寫了多少回，但指尖劃過的文字沒留下任何痕跡，轉瞬間蒸發……

手指在冰冷牆板上劃出淚痕，魂牽夢縈的心上人名字一次次浮現，又一次次消失——深秋夜晚——章子任憑閣樓小窗流入的夜霧溼透全身……

四

章子從小開始，每週日都必須上教會做禮拜，而在YWA這裡跟住宿生一起去的F

教堂，則是所有教會裡規模最大、最氣派的一個。

L小姐的宿舍帶章子去的教會是一間極小、極寒酸的會堂，看起來像是巷子裡租給小公務員的房舍權充而成。相較之下，章子甚至覺得鄉下那間教堂——門口柱子爬滿常春藤的簡陋藍色小洋樓還好上一些。

而跟那些地方比起來，YWA這裡徒步可及的F教堂，其規模可真是驚人。

那是一座醒目的大型白色建築。禮堂內部極為寬敞，甚至有二三樓座位，有如走進明亮的劇院，入口處的人潮也是非比尋常。

婦女席上，所有女士都一副冰冷矜持的模樣，穿著週日盛裝、精心梳化的年輕千金與貴婦，充分意識著自己置身人群，端莊肅穆地坐在那裡。她們將包在錦緞裡的小型聖經和讚美詩歌斜放於膝上，戴著閃亮戒指的纖纖玉指交疊，靜靜等待禮拜時刻到來。

因此當一身寒磣打扮的章子貿然走進教堂，頓時感到羞赧和尷尬。其他住宿生都穿得光鮮亮麗，三三兩兩入座，跟熟人低聲談笑、點頭致意。

唯獨章子一個朋友也沒有，內心惶惶不安，勉強縮在婦人席角落的空位。

隨後，一波波人潮陸續湧入。

一名身上散發濃郁香水味的年輕女孩在章子右側坐下，她身穿華麗的紫色和服，腰間綁著一條金銀絲線繡製的亮眼寬腰帶。

左側接連來了兩三名結伴同行的少女，頭上還繫著蝴蝶結。她們似乎由衷感到身為日本人在星期天上教堂是何等時髦新潮，享受著禮堂內的華麗氛圍，滿臉稚氣地悠然微笑。

禮拜結束後，章子又垂頭喪氣地站在人潮擁擠的寬敞禮堂入口，就像拎著空魚簍悄然歸來的寂寞漁夫。

牧師不論雨雪陰晴，每隔七天都得站上講台來一場漂亮訓話，這本身不就是一個天大錯誤嗎？在禮堂入口，闊別七日的夫人和小姐們相互問候，嘰嘰喳喳的聲音此起彼伏。她們欣喜地高唱讚美詩歌、愉快地聆聽牧師講道、高興地彼此寒暄問候、笑盈盈地踏上歸途，章子只能縮著肩膀，隨這群浮華歡樂的人群流向街頭。

每個星期天就得這般前往宏偉的大教堂體驗憂鬱寂寞，章子感到生不如死。

住宿生大多是去 F 教堂，秋津同學卻從未出現。她是去哪一座教堂呢？章子暗自尋思。

秋日轉眼即逝，當瑠璃色的天空染上灰色陰霾，即將邁入初冬的某個週日早晨，章子為了履行沉悶的上教堂義務，頂著孤燈正要走下閣樓。此時，隔壁房門忽然開啟，秋津同學走了出來。

她果然也要去做禮拜嗎？章子心想，瞟了她一眼。

秋津同學穿著蕾絲邊圍裙，肩上揹著一只草莓圖案的印花布大洗衣袋，一手抓著袋繩（一副剛救了禿毛白兔的大國主神模樣），只見她另一隻手拿著一尺長的純白洗衣皂，咯噔咯噔地走下樓梯……

章子見狀大吃一驚。

以前在L小姐的宿舍，星期天被稱為神聖安息日。住宿生一大早就被L小姐帶去教會幫忙主日學，然後參加成人禮拜，回宿舍後還要參加聖經講座，晚上再出席教會的聚會，整天行程都嚴格規定，絕不容許任何購物、自習或外出活動，更遑論洗衣服這等家事了。哪怕只是瞧見有人指拈銀針縫補袖子破洞，L小姐亦會顰眉蹙額，一臉慍色。歷經那種生活的章子，週日早上在這棟標榜基督教的宿舍建築裡，目睹秋津同學泰然自若地提著大洗衣袋走出房間，自然感到無比震驚。

秋津同學靜靜一笑。

……………

那一刻，秋津同學手裡的袋子已不再是洗衣袋，而是裝滿美麗寶石的藏寶袋；而她另一隻手裡的白色肥皂棒，則化作一根燃燒著熾熱火焰的白蠟燭……

章子感到自己渾似一具行屍走肉，在求生不得，求死不能的憂鬱和寂寞重壓下，隨人群走向教堂。

寬敞的禮堂內不斷講述著上帝、信仰、懺悔之道，章子雖置身人群，腦海與心扉卻盈滿了秋津同學身穿圍裙站在洗衣槽前的美麗身影。

自己這種人居然霸占教堂裡的一席之地，這是何等冒昧不敬的行為吶——章子在群眾面前羞愧難當地低下了頭。

記憶中章子曾無數次在教堂角落噙著淚水，默默向神獻上卑微的祈禱！母親和外婆都是虔誠的信徒——儘管失去父親之後，母親又遭死神奪命，還親眼目睹外婆離世，章子依然沒有忘記基督神祕世界的偉大神光——然而，章子漫無目的的人生漸漸變成滿目荒涼的曠野，這些曾經的光芒與信念亦全數消逝——

以前有客人登門拜訪母親時，年幼的章子便被派去附近的冰店訂購冰水。

章子到附近一家人力車老闆娘兼職經營的冰店，按客人數量下單。回家後才發現，原以為只有三位客人，實際上卻來了四位——章子當時非常擔心，可是並未向母親坦承自己算錯了人數，只是暗自發愁——於是她躲進小房間，向上帝祈禱：

神啊，請把三杯冰水變成四杯

讓冰店阿姨多送一杯來吧——

這樣的日子一天天過去，少女時代的章子徜徉在聖佳蘭的傳記和聖方濟各的傳說中，築起一個充滿無限憧憬的世界——但就在少女章子逐漸跨向成年女性的領域時——眼前的美麗幻象竟在毫無預警下破滅消逝，幻象灰飛煙滅，卻也沒有再建構出任何新事物。靈魂在大肆破壞後一片空洞，未能新添任何建築，只餘下惱人的憂鬱淚珠。

章子來到東京後，被迫在L小姐的宿舍裡過著完全背離真實人生的信仰生活。然而，這一切非但絲毫未能喚醒她逐漸淡卻的信仰，亦未激起她重新拼湊碎片的念頭，只是讓她對這種形式主義的宗教生活越發生厭。

畑中老師是一個書房堆滿了自然科學和社會學外文書的人。他曾建議章子，要學外語就應該先讀一讀達爾文的進化論。在書房聽聞「人類的起源是一粒『Atom』」這種觀點時，章子感到一種難以言喻的孤獨。

正如退去的潮水永遠不會再打在相同的沙灘上——對章子而言，上帝、信仰和祈禱已成昨日黃花。

曾經美麗卻又悲哀的昨日黃花，它的香氣與色彩至今仍在章子四周縈繞不散。

從L小姐的宿舍到YWA的閣樓——乃至於虔誠基督徒R小姐的學校——昨日黃花的芬芳始終如影隨形。

章子彷彿意外在袖兜內側摸到一朵昔日摘採的野花，花朵早已枯萎，正如她現今生活被單調乏味的宗教色彩所籠罩，令她寂寞難耐，苦不堪言，只能選擇視而不見。

五

每週日晚上有一場約莫一小時的祈禱會，所有住宿生和舍監固定齊聚在ＹＷＡ建築內裝潢最氣派、最美麗寬敞的地方——那是一個結合歐美與日式風格，充滿家庭氛圍的優美房間，比起會客室，沙龍一詞或許更加貼切。

一般情況下，ＹＷＡ的長官們會在星期天受邀來宿舍食堂共進晚餐，接著舉行祈禱會，按慣例由受邀者發表一段講道後，眾人再一起祈禱。

ＹＷＡ的日本幹事Ｋ女士是週日晚間的常客之一，她也是日本ＹＷＡ事務的最高負責人。高高瘦瘦的Ｋ女士鶴立雞群，一字肩透露出堅定意志，在食堂和會客室展現非凡氣度。她以披荊斬棘般清晰鏗鏘的語調暢談「全球大局和日本年輕女性的覺醒」等話題，眼鏡後方那雙眸子閃爍著清明睿智，同時又充滿平靜溫情。她還記住了宿舍每個人的名字，時不時向對方親切問好。一向如影隨行地跟著這位Ｋ女士的百束老師也經常出現，據說她曾前赴美學習ＹＷＡ的高層事務。百束老師有一頭亮眼可愛的黑色捲髮，永遠一身棕色系的和服，胸前懷錶鍊條也是低調的細鐵鍊，將她病態般單薄的身子與憔悴面容襯得更加弱柳扶風。她略顯黝黑的臉上睜著一雙鴿子般的小圓眼，說起話來總是用「妳知道嗎？對，我跟妳說，我還要說一件什麼呢……」這種口吻，聲音如少女天真無邪，字句如機關槍連發。嗓音和舉止在柔弱中又隱含一股細膩堅韌的力量，甚得人心……

跟百束老師一樣從美國回來的高田老師，有時也會應邀出席，在會客室以清亮的聲音跟眾人閒聊——高田老師盤起蓬鬆瀏海，將柔順直髮梳成漂亮太太的髮型。她的臉蛋白皙平滑，戴著一副眼鏡，總是衣著得體。她性格爽朗，就像俗話說的那種豪氣干雲的大姐頭，談吐老練，時不時會蹦出「喏，能不能請您幫個忙？」之類的話。

年輕女孩們若是向她傾訴深藏內心的Sweet祕密，尋求建議，她應該會欣然開導，就像一位走在時代尖端的阿姨那樣善解人意……

YWA組織派來日本的外國婦女有時亦輪番受邀，在宿舍食堂努力用筷子夾起豆腐湯中一塊塊的豆腐。

因為一張長臉被人私下揶揄為「馬臉小姐」的M小姐曾經來過。戴著類似拿破崙畫像裡的雙角帽，走起路來左搖右晃的駝背大個子G小姐亦曾出席。她在晚餐時像學舌鸚鵡般大聲唸出「早安」、「是的」、「恭喜」等日語單字，炒熱食堂氣氛，在祈禱會上則透過精通外語的住宿生翻譯，詳細解說聖經某個章節的故事。剛來日本不久的V小姐也透過翻譯說：「我來到日本的旅館後，一星期就吃掉相當於祖國一整年分的白麵包。」（當時因為歐洲戰亂，美國正施行糧食節約政策。）

V小姐常常俏皮地微微揚起倒三角形下巴，露出燦爛的笑容。某次V小姐受邀用餐，正好坐在章子隔壁。她看到每件事物都會加上一句「Oh Very Nice」，對貧乏的日本料理亦不吝讚美，然後微微頂出下巴，笑容可掬地向鄰座的章子攀談。

章子驚慌失措地用她僅知的少量英文單字應付，一雙大眼不安地四處飄移，進行極其蹩腳的對答。V小姐喋喋不休、講話飛快，章子幾乎無法理解，而且不斷出現她不認識的詞彙——章子不知如何是好，幸好宿舍裡協助外國婦女工作的人慷慨相助，不但替她翻譯，甚至教她如何回答。

席間有許多女性都是大企業的優秀打字員，她們聽見章子稚嫩生澀的英語，笑得連筷子都握不住。

章子連一粒米飯都無法安安穩穩地送進嘴裡，根本品嘗不出食物的味道，就只能頂著額頭上的一層薄汗，勉強操弄著異國語言。這個既滑稽又悲慘的接待任務，常因偶然的座次安排而落到章子身上。

每當遇到這種情況，其他人總是在一陣狂笑之後，再極力誇讚章子的勇氣，並說她將來定會成為一名聊天專家。

而在這種時候，秋津同學從不加入訕笑，卻也不幫助可憐的章子，只是興致索然地沉著臉，慢吞吞地用餐。

因為這些令人捧腹的餐桌對話，章子在住宿生眼裡成了週日晚間食堂的喜劇演員。

「如果不邀請外國人來用餐，食堂就太無聊了，因為就看不到瀧本同學的喜劇表演了呀——」

最後甚至有人如此調侃。

六

是秋天的餘韻？抑或是冬天的預告？一大早就下起冷颼颼的傾盆大雨，時而夾雜陣陣狂風，即使剛換上冬衣，在袷衣外又加了一件鋪棉外褂，這陰沉鬱悶的星期天依然寒氣逼人。

從教堂回來的路上，強風不斷吹來，雨傘險些開花。

從中午開始，風勢越發猛烈，橫向飛濺的雨水打溼了建築物的玻璃窗。

四樓的藍色三角形房間位居高處，強風尤其明顯。房外裸露的屋頂梁柱下方，那盞孤燈不時傳來咿咿啞啞的聲響，光暈也在風裡擺盪。狂暴的雨滴則是劈里啪啦地高聲拍打小窗。章子還沒來得及鬆開繩子關閉旋轉窗，窗戶就發出「砰」一聲巨響自行關上，與窗戶相連的繩子也被震得脫離了牆壁上的釘子，在空中晃來晃去。

藍色三角形房間似乎隨時都可能被風吹倒，教人提心吊膽。

章子惶恐不安，在房間裡嚇得一動也不敢動。

她就著房裡的舊桌子，在方格紙上繪製學校課程教授的福祿貝爾幾何圖形，卻因風雨聲的干擾屢屢畫錯線條。

正當戶外風雨狂嗥不止，樓下鈴聲猝然大作。

那是通知大家用餐的鈴聲。

到底發生了什麼事？暴風雨固然讓人心神不寧，那鈴聲仍如警笛般刺耳。

過了一會兒，不知是哪個職員還是住宿生走到窄梯下，大聲喊道：「喂！四樓的各位──今天加開臨時食堂，快來吧！」

食堂裡擺著一口大鍋，只見麻雀蛋一般的可愛糯米丸子在紅豆海洋中翻滾。

舍監臉上洋溢著燦爛笑容，和藹可親地問道：

「瀧本同學，隔壁的秋津同學怎麼啦？她不在嗎？」

「我……不清楚。」

章子囁嚅道。

「那您待會回房後，幫我通知隔壁一聲。就說湯快涼了，請她趕快下來，麻煩您了。」

舍監這般囑咐。

章子回到閣樓，在走進自己房間前，敲了敲隔壁的藍色房門。

裡頭傳來輕輕款款的聲音：

「……瀧本同學，請進來呀……」

章子顫顫巍巍地推開門。

無視戶外狂風暴雨，這個小房間完全籠罩在一片闃寂之中——不管外面風雨多麼猛烈，房間角落黑檀桌上的那朵白菊，連花瓣都沒有搖一下。

何其靜謐——秋津同學躺在藤椅上，沉浸其中。

安息日清晨——她扛著洗衣袋出門——今天——卻無視暴風肆虐，在藤椅上安睡。

身旁桌上的白菊香氣四溢——

秋津同學的生活便似從她靈魂深處直湧而出，不受任何外力阻礙，猶如從大地自然生長般寧靜而堅強——章子如此認為。

這天晚上的晚餐和祈禱會，沒有邀請任何外賓。會客室椅子排成圓形，完成祈禱會的事前準備——鈴聲一響，大家紛紛就座。

當天的主持人起身致詞。她說今晚沒有外賓演講，因此想請大家分享一下自身的信仰體驗，最後大家一起祈禱來結束這場聚會——為了不浪費時間，主持人逕自提議以「我為提升自身信仰所作的努力」為題，希望大家都能就這個主題簡短發表看法。她還補充說，在今夜這種風雨交加的夜晚舉辦祈禱會，更加意義非凡。

與會者唱完兩三首讚美詩，終於開始就那個信仰云云的主題依序分享心得。歷經兩三分鐘的沉默後，有人像鼓起勇氣躍入河中那般打了頭陣，其他人便順勢輪流講下去了。

所有人的分享都非常得體，顯示她們深受良好宗教訓練。

有人喟嘆：「雖然我七歲就受洗了，卻還是經常敵不過魔鬼的誘惑，真是慚愧。」也有人說：「我每天早上讀一頁聖經來加深信仰，這方法成效頗佳，在此推薦給各位參考。」

「我一個什麼也不懂的野丫頭，要在如此盛大的場合闡述自己的膚淺見解，內心實在誠惶誠恐……呃……」也有人先來這麼一段開場白，再優雅含蓄地告訴眾人，在奉主耶穌之名受洗後，迄今種種煩悶焦躁煙消雲散，這分喜悅令她銘感於心。

此外，還有人堆砌各種神學術語的英文單字，發表學術性的意見，聽得章子頭昏腦脹。

「無論多麼深奧的哲學或科學，總之都不可能有半點違逆這神聖的有神論，正如那位著名的美國神學家博士所言……」

也有人熱情澎湃地宣揚上帝的存在。

眾人接連以各種抽象語言鋪敘，這些討論對章子太過遙遠。不管是多麼美好的上帝福音、用萬般豐富的詞彙加以抽象化，此刻都已無法在她心中激起任何共鳴或感動。章子已無力在抽象世界尋求信仰所描繪的幻象。她脫離了抽象世界、遠離了幻想國度，轉而尋求現實大地，渴望真實境界。比起聽人闡述有神論，她更希望能親手觸摸天使的翅膀，哪怕只有半片也好。比起聆聽淚聲中的祈禱，她更期盼能親耳聽見上帝衣裳的窸窣聲——倘若沒有實證，章子的信仰就永遠是海灘積聚的沙塔，猜疑的黑浪分分秒秒沖刷著沙丘，將它侵蝕殆盡。寂寥海風日日夜夜呼嘯襲捲，沙塔似乎隨時都會坍塌。不安的黑暗沙漠沒有一絲光亮，背教者漫無目的地徘徊其間，腳底結滿了恐懼和痛苦的冰霜。

祈禱會上的心得分享持續進行，按座位依序輪流發言，七、八人之後終於輪到章子。

章子完全不曉得該說些什麼。

她找不到適當的話語來表達自己現在與其他人隔絕疏離的心境。

「請大家珍惜這寶貴的時間，務必準備好要分享的內容——」主持人提醒道。

章子越著急，就越說不出話來，最後在極度驚慌之下，結結巴巴地開口道：

「我⋯⋯我⋯⋯如果我⋯⋯可以親眼看見⋯⋯上帝⋯⋯我就會立刻信祂⋯⋯」

章子竭盡全身所有力量，顫抖著擠出這麼一句。

⋯⋯笑聲如煙火炸開——椅子嘎吱嘎吱的聲音在各處響起。

笑聲餘音迴盪，久久不散——

儘管造就一場狼狽喜劇——但對章子本人來說，這是她破天荒第一次坦承內心最真摯的願望，是出於本心的赤忱話語。儘管貧乏，卻超越了所有關於信仰的複雜心路歷程，展現出最純粹的一面。

遣辭用句上固然稚拙，但其中蘊含了層層陰影——這些陰影所包含的，或許只是可悲的苦惱，卻是章子對信仰最赤裸裸的憧憬——不停追尋上帝的飢渴者，苦苦尋覓神蹟——抽象的神無法拯救可憐少女的靈魂——她強烈渴望那裡有一位真實存在的上帝——

宗教本身確實是一個象徵的王國——這是不可否認的——一旦脫離象徵，眼前不就只剩下一片科學的領域嗎？上帝的無限光明、福音和愛如同一張「無弦琴」，沒有琴弦的面板上輕輕響起的玄妙仙樂，理應讓人類靈魂直登恍惚的法喜境界，偏偏在章子身處的環境中，象徵國度的力量過於薄弱，撼動其靈的那張「無絃琴」，聲音是否太過杳渺了呢？無論是在Ｌ小姐的宿舍還是在教會，章子連一顆小石子般的感動都未曾有過，只記得宗教生活桎梏下的倦怠憂鬱。

在象徵與神祕的殿堂中，那些能夠隨無弦琴聲描繪無形幻像，並陶然沉溺於甜蜜芬芳者——他們是章子羨慕的對象。然而，在她纖足踏上那神聖音樂殿堂的石階之前，一道巨大幽暗的猜疑深淵如濁流橫阻眼前，看得章子頭暈目眩。冰冷峭壁聳立，再怎麼敲打亦無路可走——除非越過那道阻礙，否則章子只能身披異端者的孤寂衣衫，蹣跚徘徊——

「相信吧，相信吧，妳就信了吧。信則路開。」

一個溫暖的聲音呼喚。

「懷疑吧，懷疑吧，要懷疑到底，直到看見證據為止。」

一個冷酷的聲音叫嚷——

耶穌曾經說過：「你們當信我。」而向耶穌索求奇蹟的猶大，永遠墮入了卑鄙罪人的泥沼中。所有試探上帝者，都將成為罪無可恕的「不信者」，慘遭唾棄。

然而，耶穌最終被釘在十字架上之際，發出了何等悲愴淒厲的吶喊啊——

以利，以利，拉馬撒巴各大尼？[01]

「我的神，我的神，為什麼離棄我？」

神子耶穌竟也有此悲嘆——

如果認同耶穌是木匠之子、在古代宣揚博愛與和平的使者，承認他是人間一名偉人，將之人格化，那麼「以利，以利，拉馬撒巴各大尼？」的哀號，豈不正是人類對信仰的絕望呼喊嗎？

另一方面，人類一旦將耶穌神格化、想更加依賴祂，那句話就令人悲痛欲絕，惶惶不可終日了。

可是，我們不能斷言，在地上掙扎求生的人類便是整個宇宙的全部。

每個人都有其醜陋的一面，我們都是不完美的存在。如果認定宇宙只充斥著這些不完美的存在，生命將寂寞得難以承受。

我們無論如何都希望在某處有一個完美無缺的存在。

而人類是充滿限制的存在。我們只能依賴生命在地上活動，偏偏這種生命亦是有限的。

要人類承認宇宙只充斥著有限的存在、不完美的事物，那將是令人發狂的可怕，我們依然渴望崇敬一個絕對無限的對象。

章子就是在苦苦尋這種完美和無限的存在。

簡單說，必須存在一個超越人類的偉大「Power」。假使沒有這種「Power」，人類就絕對無法正確追求真、善、美。

沒有這種「Power」，人類就不可能淨化、深化、昇華。

唯獨在這種「Power」面前，所有人都要俯首跪拜。

沒有這種「Power」，人類就無法生存。如果只求跟豬一樣單純地活著，或許還辦得到——但沒有祂，人類就無法看到光明。

章子不確定該稱祂為「神」？還是該另起別名……

無論如何，章子總算是闖到了這一步。

雖然闖到此處，但放眼盡是遼闊蒼茫的曠野——再怎麼追尋無窮無盡的目標，人類的道路仍舊籠罩在一片迷霧中。

身後傳來陰惻惻的冷笑。

垂頭喪氣的年輕女孩，妳究竟要去哪兒？

妳相信運行在人類之上的某種「Power」？但……

到底有何證據？不過是荒誕無稽的妄想罷了！

儘管不服氣，可除了沉默，章子又能如何？因為她甚至說服不了自己的心——唉，如果章子可以義無反顧地面對那些駭人的、悲傷的、令人顫慄的場景，或許當下便能真切感受到祂的存在，從而獲得一絲半縷的信念。屆時，章子的靈魂將獲得那根關鍵釘子，她也終於可以有所作為，定然如此！

那會是何時？

章子不知道。

沒有人知道。

也許連「神」也不知道吧。

無論如何。

不管怎樣。

就在今晚的祈禱會上，章子的一席話惹得眾人哄堂大笑——

章子茫然不知所以（臉上沒有一絲羞紅）。

短暫的笑聲後，坐在章子隔壁的人開始分享，內容冠冕堂皇，與章子的發言形成鮮明對比。

接下來，又有兩三人發表了充滿智慧而高尚的信仰論述，毫無新意可言——與此同時，外面的暴風雨變得更加猛烈，狂風呼呼作響。席間忽而有人提起近年來部分宗教界爭論不休的耶穌再臨——以及耶穌基督二次降臨可能引發的可怕地球 Catastrophe——當晚的狂風暴雨好巧不巧營造出某種幻象——說話者聲音顫抖，激情澎湃不能自已。

就在這段分享臨近尾聲——暴風雨咆哮中，會客室電燈驟然全部熄滅，好似真正的黑暗從外面侵入室內。

這讓說話者顫抖的聲音越發激昂——

「……我們……我們身為虔誠的信徒，要在世界末日來臨時，隨時準備好接受神的召喚……我……我……真的……深切感受到這件事的重要性……」

這番話說完後——黑暗中傳來此起彼伏的長嘆。

短暫的沉默後，主持人站起身來。

「各位，讓我們在這個蒙福的聖夜唱一首讚美詩歌來表達感恩與祈禱，為今晚的聚會劃下句點吧。」

話音剛落，就有人激動喊道：

「第╳╳首——！」

眾人身影在各處穿梭交織。

鋼琴上點燃了兩支西式蠟燭。

微弱的燭光映照下，周圍人們的歌聲在暗中浮現。

一張張緊繃面容排成一列——其中一雙美麗澄徹的眼睛格外耀眼。

——那是秋津同學——縱然在此刻充滿宗教激情的氛圍中，那雙澄徹眼眸還是一樣淡定純淨——陡然間，鋼琴聲響起，眾人歌聲亦隨之高亢——然而，秋津同學的唇瓣幾乎閉著，連一片蘆葦葉都難以容納——接下來，啊，接下來，就在那張雪白無暇、略顯蒼白漠然的臉上，但見那閉著的唇邊出現一道鑿刻般的褶皺，皓齒尖端一閃而過的——微笑！啊啊，那是怎樣的微笑！冰冷沉靜而又令人心醉的一抹微笑！看得章子心旌搖曳。

哦呵，何等英勇強大的美麗異教徒啊！

在燈火熄滅的黑暗建築中，章子沿著樓梯一步一步緩緩走向四樓。

暴風雨的聲音震耳欲聾，恍若整棟建築都在搖晃。

黑暗中——黑暗中——自己的人生旅程亦在黑暗中——章子想要高聲向某個偉大存在求救，一股難以言表的深層不安與孤寂，正以猛烈駭人的力道朝章子壓來。

熱淚如斷線珍珠一串串滑落章子臉頰。

那些在暗處、在背後嘲笑章子可憐靈魂的聲音——好似化成碎片後從樓下會客室飄散而來——章子絕望的神經一陣陣抽搐——

爬上閣樓窄梯，四樓天花板柱子那盞孤燈沒有半點光亮，那裡只有一片陰鷙濃密的黑——

章子聽見黑暗深處傳來一陣追趕自己的急促腳步聲。

……一個溫暖肉體緊緊貼上章子後背……一雙帶著熱度的纖纖藕臂溫柔而迅速地用力摟住章子瑟瑟發抖的肩膀……熾熱的呼吸如波浪般打在章子臉頰……急湧而出的零碎字句，在顫抖中斷斷續續地迸發開來……

「妳啊……妳……真是……純潔正直的人……」

……章子感覺一股烈焰在眉心燃燒……芬芳灼熱的溼潤紅唇哆嗦著貼上章子髮絲垂落的額頭與斑斑淚痕……

狂風暴雨猛烈橫掃黑暗建築的頂端，雨水如瀑布般從屋頂尖端沿斜面傾瀉而下，震得閣樓地板啪嗒啪嗒響。

譯註01——「Eli, Eli, lama sabachthani?」，出自《馬太福音》第二十七章第四十六節。

第四篇

瀧本同學，我們一起住吧。

瀧本同學，我們一起住吧。

一

曾幾何時，章子與秋津同學的生活融為一體。

一滴雨自屋簷導水管流下。

「……我好寂寞……」

雨滴獨自低喃，另一滴雨接著說：

「……我也是……」

兩滴雨不知不覺間吸附在一起，變成一大顆水珠，彷若兩滴雨相互擁抱——

「瀧本同學，我們一起住吧。」

秋津同學提議道。

章子很是開心。

於是，她們決定把秋津同學的房間當作兩人的書房（話雖如此，兩人幾乎從未好好坐在桌子前）。

跟秋津同學那張黑檀木之類的高雅矮長桌相比，章子的老舊桌椅實在大煞風景，章子便將之留在原處，改用秋津同學房裡堆放各種物品的漆皮小桌。

至於章子原本的房間，則變成了兩人的臥室。

白天，兩人總是待在書房裡。

書房很漂亮。

房間格局跟章子那間一模一樣，室內擺設卻更加巧妙雅緻。

說是擺設，倒也不是什麼富麗堂皇的物品。

房間窗戶下方的牆面，掛著一幅複製畫，畫框沉穩素雅，似是直紋神代杉。畫中描繪著一位黑衣修女，靜靜佇立在屋頂大露台的鋪石地上。

月光自天空傾瀉而下，清清柔柔地灑在頂樓地面。

修女凝視著遠處夜色朦朧的城市，一動也不動地站著。

這幅畫或許出自某位外國名家之手，章子自是無法評判其價值，但打從第一眼看到這幅畫，她便由衷愛上它，深深為之著迷。

書房的畫就這麼一幅，畫的旁邊有一個亮光漆面的三層褐色書櫃，雙開玻璃門內側掛著橄欖綠的布簾，遮住了裡面的書籍。不過，既然是秋津同學的書櫃，章子猜想其中肯定擺滿了裝幀精美、內容豐富的藏書。

秋津同學從不打開書櫃，也從不攤開書本在章子面前閱讀。

黑檀桌是報紙的小說插圖上經常可以看到，擺在貴族大宅和室的那種，桌上放著一只茶色陶製花瓶，裡面插著許多白菊，葉子已被摘除，只剩花朵。

鋪在桌前的坐墊亦是極具質感。

邊緣有一圈黑色絲綢，中央是黑紅拼接的格子圖案，斑斕奪目。

而那張藤椅則在對面牆上投射一道剪影。

臥室的舊桌子變成了兩人的梳妝台。

秋津同學的橢圓形鏡子和章子的長方形小鏡子，背面同樣都附有鍍鎳支架，雙雙立在桌上。

秋津同學拿來一條白色蕾絲桌布，橫鋪在桌面中央，襯得桌子更加素雅，令人欣喜。

兩人費盡心思只為營造溫馨的臥室氛圍，因此連這點小事亦讓她們樂得合不攏嘴。

當純白蕾絲布倏地攤開在暗沉泛黑的桌面上，兩人像孩子似的拍手歡呼，興高采烈。

「這張桌子簡直變成了一件藝術品！」

章子這麼一說，秋津同學開懷大笑。

鏡子前擺滿了造型奇特的玻璃瓶，裡面裝著秋津同學的香水、香油等等香氣怡人的液體，一瓶瓶倒映鏡中，格外絢爛綺麗。瓶身上寫著外國文字的銀色標籤也好，領帶般打在瓶口的紅色絲帶也罷——處處顯得動人美好。

當夜幕低垂，兩人便一起來到這房間。

秋津同學的被褥極美，應該是紡綢一類的布料。被子表面是純白色，只見白色的絲綢上繡著大型萬字紋，背面則是相同材質的紅布。背面的紅布反摺至正面，將白色表布圍成一個長方形，顯得更加瑩白無暇。厚厚的兩層褥子亦是背面的紅布反摺圍住白色表布，跟被子湊成一套。唯獨睡覺穿的棉襖拜某夜章子掛在牆上的燈籠火焰之賜，內襯燒燬後，就一直塞在衣櫃深處。替代棉襖的是一條又輕又薄的白色毛毯，用寬大的床單包著蓋在身上。枕頭是大型羽絨枕，秋津同學的頭一放在枕頭上，羽絨便柔軟凹陷，青絲和白皙臉頰皆沒入枕中。

那景象委實美極。

在這狹小的藍色三角形房間裡，有一套世上最美麗的被褥便已足夠，因此，兩人每晚都共用這套美麗的被褥。

……秋津同學的亞麻睡衣散發著淡淡的桂花香……不知從何時起，章子的法蘭絨睡衣袖子也沾上了那縷香氣……如此這般，桂花香溫馨瀰漫的夜晚被窩中……兩人藕臂交纏……兩顆徐徐跳動的心臟外，兩人胸脯繾綣……在沒有開始，亦不會結束的纏綿夢境中，兩個靈魂逐漸消逝……輕柔細膩的接觸……溼潤的嫣紅蓓蕾在顫抖中深吻……溫柔地流淌、沉浮、消失、交融、漫溢的緩慢波動………

二

不久之後，她們舉行了一場蘋果派對。

派對在某個星期日正午左右展開。

章子那時跟秋津同學一樣，星期天不再前往教堂。她們不但一大早就洗衣服，還兩人一起慢慢打掃房間。她們決定不要將七天一次的難得假期浪費在其他事情上，所以當天一早就合力將兩人的書房打掃乾淨，把黑檀桌移到房間正中央，在桌子中間鋪了一塊正方形蕾絲桌布，然後擺上一只茶色花瓶。因為想在瓶裡插個花，便由章子出門採買。

要張羅的，不只是花。

章子要去買花、糖和麵包三樣東西。

她趕往俎板橋那裡，在街角一間花店買了一束不知其名，但看起來很清爽的純白西洋花，大概是某種菊花吧。

請花店用包裝紙仔細包好，又繼續上路，章子接著買了高級白砂糖和許多麵包，這才返回閣樓。因為走得太急，章子額頭微微冒汗、氣喘吁吁地打開房門，把秋津同學嚇了一大跳，還以為有鬥牛犬在追她。

秋津同學從一個小籃子裡取出幾只紅茶杯，用手帕擦拭乾淨。

茶杯有五只，碟子卻有六枚，數量不符。秋津同學解釋，其中一只茶杯以前不小心打破了，隨後從大罐子裡舀出老家寄來的北海道牧場奶油，盛放在失去伴侶的可憐碟子上。如此擺盤未免缺乏情調，兩人決定發揮巧思弄成有趣的形狀。保母養成所的幼稚園勞作選修課裡有教授黏土雕塑，章子從第一學期修到現在。她提議應用所學來做點什麼，秋津同學也贊同，兩人於是著手創作。

章子拿起泥塑用的竹刀，開始雕刻那塊奶油。她想起在小學或哪裡的國語課本上讀過一則故事：某個天才雕塑家小時候當過廚師，將主人家宴席上的奶油刻成一頭維妙維肖的獅子，賓客歎為觀止——儘管章子不是什麼雕刻天才，但她希望能夠為今天的蘋果派對刻點什麼特別的東西。

她連擤鼻子的時間都捨不得浪費，像個孩子一樣吸著鼻水，全神貫注地用竹刀雕刻奶油。

「完成了！完成了！」

過了好一會兒，章子跳起來叫道。

正張羅其他事情的秋津同學也聞聲趕來。

碟子上那塊奶油雖然線條拙劣，倒也勉強可以看出是一匹馬的頭部。

一尊綻放琥珀色光澤的迷你馬頭昂然抬起——

「哎呀，太棒了！」

秋津同學睜著一雙明眸驚呼。

章子湧起一股難以抑制的歡暢。

「是吧？是吧？很棒吧！」

她如此說完，得意地把馬頭高高舉起，完全忘記手裡還握著一把沾滿奶油的竹刀。眼見竹片尖端叮的一聲敲在碟子邊緣後，硬生生插進馬嘴，在那裡劃出一道淺淺的凹痕。

章子臉色煞白，頹喪萬分。前一秒還帶著某種神祕暗示的馬頭，這下子嘴裡一道小凹痕將那氛圍破壞殆盡，變成了一頭張嘴準備口吐白沫的馬兒。

「沒關係，沒關係，妳別喪氣，喏，我想到了一個好主意，妳看，要不這樣？」

秋津同學連聲安慰章子，從書櫃下方的小抽屜拿出一只綠色天鵝絨小盒子，啪的一聲打開，只見裡面有一枚細細的黃金戒指，中央鑲著一顆紅寶石。

秋津同學拿出那枚戒指，將它套在碟子上的奶油馬頭嘴裡，蓋住了凹痕——銜著金戒指的琥珀色馬頭變得何等美妙吶！

「哇——」

兩人情不自禁小紅豆地驚歎出聲，沉浸在藝術創作的喜悅中，忘情地翩翩起舞。

啦啦啦啦啦啦啦——啦啦啦啦——

啦啦啦啦啦啦啦——

她們將馬頭放在桌上，圍著它跳舞……

三

蘋果派對大致準備就緒時，受邀者也陸陸續續出現。

首先聯袂而至的矢野同學和靜同學，她們說是從教會直接趕來，手裡還抱著裝了聖經的小包袱。

秋津同學把章子介紹給她們倆。

矢野同學無論身材、相貌、語氣還是舉止，都給人一種圓潤可愛的印象。章子讀小學時，經常有鄉下孩子帶漂亮的紅色果實來教室分送同學，那是一種叫木半夏的樹木果實。矢野同學便似圓潤飽滿的木半夏果實一般。

她跟秋津同學同校，也讀同一班。

靜同學則就讀某間大型裁縫學校，她和秋津同學同樣來自北海道。

靜同學個性悶沉嚴肅，裝扮有些土裡土氣，身材矮胖。行事和說話都顯得笨手笨腳、婆婆媽媽、磨磨蹭蹭，就像一顆水分過多、煎得不夠鹹香入味的軟爛馬鈴薯。

沒多久，佐佐川同學來了。

她給人一種不按牌理出牌、教人摸不著頭腦的撲朔迷離感，身體和動作大大咧咧，末了卻又飄忽如鬼魅。
她像魔術師般戴著一副鏡片又大又厚的圓形無框眼鏡，穿著一條長長的茶色行燈袴──據說她是J大學英文系的學生。
接著登場的是太田同學。
這樣一位精雕細琢的人物走進閣樓的藍色小房間，簡直讓人懷疑是不是走錯了門──腰帶與和服看來都是時下流行的款式，她將那種擺放在和服店櫥窗裡的商品，穿得如其人氛圍便是這般跟其他客人格格不入。
清純少女般甜美可人。秀髮一絲不亂地服貼在瓜子臉上，前額長長的瀏海捲得蓬鬆整齊，後頸髮尾則盤成優雅端莊的弧線，並插著一小朵天鵝絨花飾。她跟秋津同學是東京F女學校同屆畢業，之後就參加這棟YWA建築裡由美國女士教授的烹飪班和會話班。她羞答答地禮貌鞠躬，是所有客人中最有教養的女孩。
森同學終於翩然現身。
她外貌像一位年輕的新婚太太。膚色白皙，雙眸黑亮而略微凹陷，但看起來一點都不陰險，反而甚是可愛。精心抹油的瀏海順著圓潤的臉龐蓬起，恰似戴著一頂貝雷帽形狀的黑色焙烙頭巾。她就這麼一語不發，滿臉笑意。森同學從女學校到現在都跟秋津同學同校。

工藤同學最後一個到場。

「真是的，今天的發起人居然姍姍來遲，太不負責任了。」

森同學以一種與外形極不相稱的嚴厲語氣責備後，露出可愛的笑容。工藤同學渾如成年男子般搔頭說：

「啊，抱歉——剛才忍不住在附近的電影院看了一會兒……」

「噯，工藤同學，妳這個電影狂——星期日一大早欸——」

矢野同學自己剛從教堂回來，因而面色不豫，工藤同學卻全然不當一回事——

「對，我咰，決定每個星期天都去看電影，不再去教會了——其他人怎樣我不知道，但對我來說，比起在教堂長椅上跟瞌睡蟲搏鬥，不如坐在電影院大開眼界來得充實，至少可以滿載而歸。比起教會的讚美詩歌，電影院那種簡陋但整齊劃一的管弦樂演奏還是比較好聽。而且，與其被迫聽牧師說那些令人費解又或老生常談的大道理，我覺得還是白襯衫紅領帶的無聲電影解說員汗水淋漓、使出渾身解數的解說聽來更生動有趣，更有人情味——再說，相較於在教會惺惺作態、遮遮掩掩地把銀幣叮的一聲扔進奉獻袋那種端莊賢淑的可悲行為；電影院售票窗口標明普通座位十五錢整，付二十錢還會找你五錢呢。那裡的售票姑娘，比花之日01街上的慈善夫人更加正直誠實、更富人性、更顯高雅、更像貴族。」

聽了工藤同學這番慷慨陳詞，所有人別說是提出異議，就連一句話都插不上嘴，電影和教會的優劣之爭就此打住。

秋津同學於是讓眾人圍坐在那張黑檀桌旁，迅速掀開覆蓋桌上物品的白布，準備好的食物立時呈現眼前。

「哎呀！」

不知是誰發出這麼一聲驚叫。

那顆馬頭就這樣霍然躍入賓客眼簾。

「這也太美了！」

工藤同學鏡框上方的眉毛一挑。

「哇，真是詩意盎然，就像童話故事裡的謎語一般。」

森同學骨碌碌地轉著黑眼珠說道。

「多麼神祕呀——簡直像神話裡的馬。」

佐佐川同學挺著胸脯嘟囔。

「哎呀，真的很厲害呢，為什麼可以做得這麼傳神？是誰做的呢？」

矢野同學的身體湊上前去，宛如一顆滾動的木半夏果實。

「這到底是什麼？這個，哎呀，是馬頭？唉，可也太浪費了，戒指沾到這麼多油脂，不會生鏽嗎？」

靜同學說——唉，這破壞氣氛的傢伙該拿她怎麼辦？這廝腦裡恐怕全是一些縫縫補補的事情，例如和服下襬反摺內縫的防汙襯布不能太大塊，免得下襬磨破的時候浪費布料。

太田同學只發出略帶嬌羞的開朗笑聲，沒有對馬頭發表任何評論，完全符合其文靜少女的氣質。

馬頭評論告一段落後，眾人各自吃起蘋果來。

「那個……蘋果的味道有點像那個……好多片好多片牡丹花瓣那個……疊在一起之後用牙齒咀嚼的感覺哩——」

森同學嬌俏可愛地說。

「嗯，沒錯，這形容相當新穎，也很貼切，森同學雖然頭上戴著黑色焙烙，但裡頭的腦細胞可不是焙烙炒鍋炒出來的蠶豆能夠匹敵的——不過，唯獨『那個……那個……』就多餘了，跟貴婦人的奢侈品一樣。」

工藤同學評論道。

森同學的瀏海此時在所有人眼中似乎都變成了黑色焙烙炒鍋，這位可愛機靈的森同學笑嘻嘻地吃著蘋果——一口貝齒彷彿疊在牡丹花瓣上。

派對主辦人決定請賓客以麵包代替中午正餐。

工藤同學率先拿起麵包，正要用小刀從碟子挖下一塊奶油時，故作感慨地大嘆：

「哎喲天，這可不行……一想到無名女流雕刻家嘔心瀝血的處女作的一小塊要被我吞進肚裡，手就抖個不停呀……」

無論在任何場合都只是靜靜微笑的秋津同學，這時也忍不住笑出聲來。

無論是多少人的聚會，工藤同學總能引起注意，成為眾人目光焦點。

四

YWA的大門開放到晚上十點左右，在那之前住宿生都可以自由進出——反觀L小姐的宿舍，無論春天或冬季，傍晚五點晚餐前，沉重的石門必定關得密不通風，活似監獄。相較之下，這裡的生活終於讓人可以像個正常人一樣自由舒展手腳。

秋夜清澄如水，街頭燈火格外動人——想到再過不久，這些燈火也將在刺骨寒風中顫抖搖曳——人們便格外捨不得此情此景，夜夜在街頭流連忘返。

秋津同學常常與章子結伴漫步在這座城市的繁華大街。大街上的電車轟隆隆地沿著鐵軌疾駛，那軌道如蛛網向四方延伸開來，只見一條後街大路蜿蜒穿過電車軌道。

章子她們逃離那條車水馬龍、令人心情緊繃的的主要幹道，來到後街——轉角有一間寬敞的西服店，高大的櫥窗裡展示著最新冬季流行色的風衣，在煤氣燈下拉出細細長長的影子——過了轉角，到處都是人潮，夜市攤位林立——十字路口處，一個攤位上各種針織品堆成小山，一名商人雙手舉起毛襯衫揮舞，扯著嘶啞嗓門吆喝：「諸位大爺！在現今物價日益飛漲的時代，出現這種破天荒跳樓價究竟是什麼原因呢？」他以一種老氣橫秋的語調開場，接著又這麼解釋道：「這些商品呢，是針織工廠的工人，從老闆配發的針織布料裁出多於規定的件數，於是將這些多餘的衣服收集起來便宜賣給大家。」只見他妙語如珠，雙手不住揮舞毛襯衫。雖然吸引了不少人圍觀，卻無人下手購買——章子和秋津同學盯著叫賣的商人，一回神才驚覺圍觀群眾只有她們兩個女生，嚇得章子連忙逃離現場。

也有攤販把信封信紙、毛筆、鉛筆等文具用品雜亂地堆成一堆，標上便宜的價格出售。還有攤販把肥皂、香水、洗頭粉用漂亮的包裝紙打包裝飾一番，再貼上難以置信的低價標籤——隔壁攤位點了一盞有紅色十字架標記的燈籠，小桌上擺著一些小開本的聖經，一位婦人站在那裡，身穿帶有家徽的黑色外褂——在她對面一處光線昏暗的地上鋪著半張報紙，上頭七、八支鋼筆整齊排列，旁邊插著一枝細細的蠟燭，一名穿著粗布和服的少年蹲在報紙上，一副唯恐被人聽見似的小聲叫賣。少年用一種鄉下人的粗魯腔調聲稱：這些鋼筆是工廠工人偷偷夾帶出來的，沒有印商標，所以很便宜——簡直就像是一場小偷拍賣會，商品樣樣便宜，樣樣都有它便宜的道理。

一間大型書店燈火通明，從入口一路明亮到店鋪後方，早早披上斗篷的人們都垂著目光，專注地看著什麼——一名老嫗將秋季繪畫展的明信片捆成一束擺在攤位上，抵不住秋夜寒風似的，雙手縮在懷裡，神色木然——旁邊店家則是販賣五顏六色的美麗畫框，秋夜燈光在古金色畫框上鈞旋轂轉——櫥窗裡早早展示出皮草圍巾、冬季的帽子和深色領帶——小型樂器店裡傳來留聲機的音樂——是聲樂家三浦環的小夜曲——「昨夜……遙遠的……捫心自問……我心……回到……昔日……過往」——一兩本秋季新出版的樂譜吊掛在櫥窗中，精美的封面插圖正對窗外。旁邊有一把褐色小提琴，上了蠟的琴身上，燈火微微搖曳。一支單簧管擱在綠布上，銀製配件綻放冷光……茶館門口的矮棕竹儘管沐浴在燈光中，卻不似夏日生氣盎然，葉片靜靜低垂，發出窸窣輕響。人造大理石桌面孤孤單單地放著一只菸灰缸，座位空無一人。女服務生玩弄著白色圍裙的肩帶，無聊地咬著橡膠玩具笛，打量行人的眼神滿是幽怨、楚楚可憐，莫非亦是秋夜之故？一家明信片店的狹窄門口，一兩群人駐足圍觀……但見外國電影明星的照片在櫥窗內爭奇鬥豔，或側面、或微笑、或捧著花，各種姿態的外國女演員睜著妖嬈的眼眸和戲謔的絳唇——在玻璃後方盯著日本夜晚的街道。「那裡有阿拉．納濟莫娃（Alla Nazimova）呵。」「她隔壁的是安妮特．凱勒曼（Annette Kellerman）欸。」一名青年指著玻璃櫥窗親暱喚道，渾似剛見過她們一般，他身上那件少了飾繩的藏青底碎白花紋外褂也顯得親切可愛……美麗女演員的嬌媚身影後方隔壁，卻是鐵板滋滋作響的點心鋪，正烤著一種用餛飩皮裹著黑色餡料的淡黃色甜點，印著「××三個多少錢」的布簾在秋夜風中飄揚，下方水溝蓋噹啷作響，蟋蟀唧唧鳴叫。

「夜市巡禮很有趣呢……」

秋津同學某次跟工藤同學這麼一說——

「那也讓我加入巡禮吧？」

工藤同學央求，下午到閣樓作客後，就這樣待到晚上，三人一起上街。通往夜市的十字路口，有一群人在一處陰暗角落敲打太鼓，舉著高掛在竹竿上的燈籠，唱著讚美詩歌。

「那是救世軍吧。」

秋津同學如是說——明明也不是什麼新鮮事，隨人潮前進的夜市巡禮少女卻仍被太鼓聲吸引過去。

近看之下，原來並非救世軍，而是五、六個身穿馬乘袴的年輕男子和打扮撲素的女子。站在中央的年輕男子一手捧著攤開的聖經，大聲說道：「為了拯救時時刻刻走向滅亡的靈魂——」他慷慨激昂地嘶吼完，猛力甩動腦袋。「以上主所賜的寶血——」說到此，又是一陣甩頭。如此這般，在每句話的結尾必定猛力甩頭。每次甩頭，油亮的長髮就會垂落在額頭上。於是，他又高高舉起戴著手錶的手臂，將頭髮撥回——吶喊、甩頭、長髮垂落、舉起手臂，各個部位的動作按照一定節奏，一次又一次地重複。

「……原來是教會的攤子。」

工藤同學一臉無趣地邁步離去。

而在燈火通明的轉角雙手揮舞毛襯衫叫賣的男人，既沒有惺惺作態，亦沒有賣弄吹噓，就只是為了糊一口飯在那兒賣力吆喝，渾身大汗，甚至脫下自己身上那件衣服揮舞——

「但願這位針織衫小販能多賣幾件衣服吶——」

工藤同學做了一個祈禱的姿勢，說不定她是認真的。

「啊，是表演落語的劇場。」

工藤同學停下腳步。

那裡有一間像是停放祭典花車的棚屋，門口高高掛著一盞寬燈籠，上面密密麻麻寫滿了字，中間寫著「金山踊」三個朱紅色大字——秋津同學和章子好像在這裡見過這盞大燈籠，身為夜市巡禮者，她們素來不會錯過每一家攤販，偏偏對這盞燈籠沒什麼印象——

「要進去看看嗎？」

工藤同學這麼問道，回頭瞥了身後兩人一眼，也不待她們作答，逕自鑽過燈籠下方往裡面走去——

裡面有一個大型玄關模樣的入口，整面牆上掛滿了木屐。一名身穿法被的男子冷不防大喝：「歡迎光臨！」

工藤同學脫下木屐，踏上室內木地板前方的踏腳板，章子和秋津同學也依樣畫葫蘆。工藤同學那雙日本厚朴屐齒的晴天木屐、秋津同學的橡膠草鞋以及章子破舊的泡桐低齒木屐全用一根麻繩捆在一起。

工藤同學拿著三大張門票和一張鞋票率先步入室內。

裡面一間寬敞的和室大廳坐滿了觀眾，香菸的煙霧和人群的熱氣氤氳繚繞，空氣渾濁沉悶，燭火在各處朦朧燃燒。

章子她們被迫坐在一大群觀眾後方的狹窄空間。

越過眾多腦袋，只見對面高台上坐著一名男子，身穿帶有家徽的外褂，一張臉皺得有如揉皺的再生淺草紙，正跟觀眾說著什麼。話到一半，他颼的一聲脫下外褂，往後扔去。後方木門隨即打開，一隻手伸了出來，迅速收回外褂。

章子還搞不清楚到底在講什麼，那男子已鞠躬下台，只留下滿場笑聲。先前四周也頻頻爆起笑聲，但章子一直不明白笑點在哪裡。

過了半晌，又有一名男子上台。

與前者不同，這名男子皮膚白皙，面容寬闊，一說話便露出金光燦爛的假牙，聲音活脫脫就像下流女子，原來他真是在模仿女人。那模樣滑稽至極，逗得眾人哈哈大笑，樂不可支。

章子旁邊有一個男人抽著菸捲，煙霧熏得她們苦不堪言，男人接著又拿出一小袋甘納豆，一點一點地倒在手掌心，再拍進酒氣沖天的嘴裡不斷咀嚼，間或放聲大笑。他穿著旅館房間用的防寒棉袍，大模大樣地盤腿坐著。章子看得怒不可遏，復又感到一陣失落。

卯起來抽菸、嚼著甘納豆、吐著酒氣、聽著落語家模仿女子說話捧腹大笑，還穿著旅館棉袍盤腿而坐——如果這種人就是所謂的「男人」，那麼齷齪的享樂與粗俗簡直就是男人的代名詞，令人憤怒無奈——世界將有一半陷入黑暗——不過，幸好另一半的世界依然光明——章子身旁的秋津同學冷著一張俏臉，秀眉緊蹙，那雙眼清徹平靜，任何粗鄙氣息都無法玷汙那雙高雅明眸。她旁邊的工藤同學嘴唇抿成乀字，眼鏡熠熠反光，肩膀挺直，那模樣既堅強又可靠——情緒絕不受周圍人等影響，活脫脫一個堅強女性典範——章子看著兩人，心情稍微平復。

台上的表演者這回又脫下了外褂，那是件跟貼身和服材質相近的外衣。他似乎已經說完，一鞠躬後快步退場。章子聽得一知半解，總之是關於幾個男人酒後順手牽羊，其中一人把金屬臉盆藏在背後，店裡女子送客人出門時熱情寒暄，朝男人背上一拍，結果金屬臉盆噹啷大響的故事——逗得全場哈哈大笑，樂不可支——男人花天酒地，離開時還順手牽羊，這種囂張無恥的行徑，他們聽了居然毫不臉紅，反而笑得前仰後合，繼續抽菸、喝茶、吃甘納豆。

「如果Y女士現在在這裡，準會活活氣死……」

工藤同學的眼鏡鏡片朝章子和秋津同學的方向一閃，咧嘴笑道。

年高德劭的Y女士是婦女矯風會02會長。

無論年高德劭的Y女士是否會活活氣死，隔壁的男人事不關己，高高掛起，繼續吞雲吐霧。

「日本婦女到人多的地方時，為了抵制男人吞雲吐霧，都會隨身攜帶大扇子，因為這樣就可以搧走煙霧……」

工藤同學如此說完，用手帕勉力驅散煙霧。但煙霧絲毫未減，工藤同學突然一手搭在旁邊秋津同學的肩上，半個身子懸空，掄起鋪在下面的小坐墊——章子一頭霧水，怔怔地看著，卻見工藤同學用雙手舉起那塊又小又髒的薄墊，前後左右揮舞，試圖驅散前後滾滾湧來的煙霧——若是住在七棟並連式長屋的鷙悍老嫗點蚊香驅蚊，還拚老命揮動柿漆團扇倒也罷了——眼前卻是一位戴著眼鏡、身穿行燈袴的年輕女學生，雙手啪嗒啪嗒揮著落語劇場的小坐墊。

遠處觀眾的表情不得而知，但章子周圍群眾無不瞠目結舌——章子不禁打了個冷顫，生怕她們慘遭眾人圍毆。

「喂，新來的，別鬧了。」

——與其說是憤怒，不如說是充滿戲謔的聲音從某個角落傳來。章子戰戰兢兢回頭，只見四五個梳著涇渭分明的西裝頭、深藍和服上染著規則白圖騰的大好青年（？）正瞅著她們放聲大笑。

「說得是，這味道可不像香水，小姐們受不了呀，我來把它扔掉，嘿！」

身穿法被的工人模樣男子一手抓起捲菸的小盒子，嘻皮笑臉地朝遠處一扔。

香菸盒落下的方向，幾顆腦袋東張西望，片刻後傳來一聲咒罵：

「混帳，竟然是空的！」

群眾哄堂大笑，那名工人扔出去的空菸盒被撕成兩三片後，又被扔到別處去了。

章子看著秋津同學的臉孔直發抖，暗忖為今之計只有溜之大吉。然而，秋津同學一雙明眸仍是平靜無波，泰然注視前方，彷彿對周圍這場騷動一無所覺。

「蝙蝠蝙蝠！」

鼓譟聲從前方傳來。

台上又出現一位表演者。

胖墩墩的身體無聲無息地滑來，面對觀眾的那張臉長得十分滑稽古怪。粗眉向上挑起，眼睛骨碌骨碌地轉，大嘴厚實外翹，一笑就露出令人作嘔的大金牙——

那人說了一則鬼故事，聽了委實讓人毛骨悚然。

故事描述一名妻子死後變成幽靈，每晚替她做車夫的丈夫招攬客人。聽著聽著，彷彿就能看見荒涼斜坡的柳樹蔭下停著一輛破舊人力車，一位裹著破毯子的貧窮老車夫坐在踏板上，低頭愁眉不展——夜闌人靜，遠處寺廟的鐘聲響起——前方黑暗中一身白衣、面色慘白的亡妻朦朧浮現，牽著客人緩緩走近……

章子吞聲屏氣，聚精會神地聽著，感覺陣陣寒意撲面而來。待聽到「怎會沒有腳呢——」這句話，全場爆出一陣大笑，表演者伏地謝幕。

大家笑得這麼開心，看來幽靈只是子虛烏有，章子這才吁了一口氣。

鋪天蓋地的鼓譟聲響起。

「蝙蝠蝙蝠！」

表演者一躍而起，雙肘頂著有五個大型家徽的黑色和服袖子，做出展開翅膀的動作，他縮著脖子，皺眉瞇眼，朝觀眾呲牙裂嘴——哎喲，活脫脫就是一隻蝙蝠——

「蝙蝠蝙蝠！」

掌聲此起彼落——這位人形蝙蝠像瘸子般在台上一拐一拐地跳著——三味線和太鼓的聲音配合他的步伐演奏。

這時出現一塊寫著「某某舞蹈」的牌子，五、六個揮舞著紅布的女孩登場，手持笸籮赤腳跳上跳下，一邊跳著不知所云的舞步，一邊高喊「呀嘟哩、嘟哩」。

章子身旁的旅館棉袍男跟著扭來扭去，沾滿甘納豆粉和菸油的髒手在空中旋轉擺動，驀地發出實在不知該怎麼形容的怪聲——「呀嘟哩嘟哩喲」，棉袍隨之左搖右晃——章子不寒而慄——頭皮發麻。

工藤同學看了紅布女孩們一會兒，便起身離席。

章子也跟隨其後，三人一齊離開。

「呀嘟哩、呀嘟哩」的吆喝聲仍持續從身後傳來。

回到街上一看，人潮比入夜時少了許多，寒冷的夜色鬱鬱沉沉地籠罩街頭。

「蝙蝠，蝙蝠真不賴……」

工藤同學讚道。

「所以……那種表演者就是所謂的名家嗎？」

章子驚魂未定地問。

「對，名家，確實堪稱名家。故事講得活靈活現……」

工藤同學一本正經地答道。

三人的腦海中全是那張令人發毛的蝙蝠臉孔與鬼故事。

五

時序進入十二月，市街商店已能嗅到過年的氣息。

年終大特賣的促銷海報隨處可見，到處張燈結綵，增添不少節日氣氛。

街上行人的神情也透著一股蓬勃生機，彷若某種電力瞬間傳遍整個世界，盈滿雀躍的緊張感。

章子她們全然沒有年末準備過節這些世俗煩惱，在街頭悠哉閒晃也成為一種樂趣。

大街上的店家擺出板羽球拍，還推出附陶瓷贈品的促銷活動。

走到落語劇場那條街，書店裡的書籍堆積如山，上面放著特賣品的立牌和紅色標籤。明信片店將聖誕卡片陳列在玻璃櫥窗內，洋服店也裝飾得熱鬧非凡。

某天，章子和秋津同學一起在後街大路漫步。

她們停在一家小型洋服店前面，欣賞琳琅滿目的陳列品。

「嗨，歡迎光臨！」

店長走出來，向她們鞠躬行禮。

章子本無購物打算，窘得只想掉頭離開，總之尷尬極了。

「我要手套——」

秋津同學冷傲地吩咐店長。

各式女用手套在秋津同學和章子兩人面前一字排開。

「請，這邊還有更多高級品項。」

店長說完，再次鞠躬。

秋津同學從店長拿來的商品裡挑了一雙最高檔的黑色絲綢手套。

她接著轉向後方嚇得一臉茫然的章子，柔聲說道：

「是聖誕節的禮物呵——這個，要送給大家的。」

這聽起來像在告知章子，而非徵詢她的意見。

秋津同學後來買了一打黑色絲綢手套。

一打盒裝黑手套就這樣原封不動地放在閣樓書房的書櫃裡。

某天，工藤同學偶然來訪，章子無意間提起了黑色手套的事。

起因是工藤同學一進門就涎著臉央求：

「有什麼吃的嗎？」

那天很不巧什麼也沒有，章子如實以告。工藤同學似乎是餓得很，心有未甘地在小房間裡東瞧西望。

「那個，那是什麼？」
工藤同學指著角落書櫃裡的手套盒子問道。
「那個啊，那是——」
章子略加解釋後，工藤同學就雙手合十，一臉渴求的模樣。
「我現在就想要！反正一定用得上嘛，聖誕節還早，這段期間就很冷啦。我現在就缺手套，去年的只剩一隻，怎麼找也找不到另一隻。」
工藤同學如是說。
秋津同學打開盒子，拿出一雙給工藤同學。工藤同學當場戴上，果然很漂亮，五根烏溜溜的絲綢手指整整齊齊，煞是好看。
秋津同學又拿出一雙給章子，自己也拿了一雙。三人都戴上手套，揮舞著黑色纖指。明明是自己的手，卻突然間變成了貴婦人的纖纖玉手一般。
黑絲綢的光澤——纖長的黑色手指——包裹手腕的黑絲綢——怎麼看都美極了。
「這玩意兒做得真是巧奪天工呢！」
工藤同學大喜過望，一會兒兩手交握，一會兒又鬆開。
如此起頭後——在短時間內，黑色手套透過各種機緣分給眾人。

矢野同學、佐佐川同學、靜同學、森同學和太田同學都拿到一雙——

「咱們這可是奉公守法的『Black Hand』女幫派喲。」

工藤同學嗤嗤笑了起來。

六

工藤同學咯噔咯噔地快步上樓，直搗閣樓小房間——

「在嗎？」

她推開門問道

房裡的兩人都在桌前忙著自己的事情。

「跟我一起去嘛，好嗎？」

工藤同學站在那裡急不可耐地說。

「去哪裡？」

章子抬頭問道。

「去N先生的個展，好嗎？」

工藤同學總算在桌旁坐下。

接著講起N先生這號人物。

她說，N先生的名字在世人眼裡還很陌生，他很年輕，是一貧如洗的青年，不過，N先生對繪畫的熱情如熊熊烈火。她又說，N先生前方是一條唯有透過自身努力才能贏得世人敬重的「未來」之路，因此，在這個沒有梵谷、米勒和林布蘭等大師的國家，我們別無選擇，只能寄望「未來」，為這些百折不撓的青年畫家加油打氣——

不僅如此，工藤同學還用上了各種華麗詞藻讚揚這位無名畫家的創作，最後總結道：她們有義務去參觀N先生的個展，欣賞他的心血結晶。

總而言之，秋津同學和章子也半推半就地答應了。

後來，參觀這場個展的邀約經由工藤同學的三寸不爛之舌傳播開來，最終還加上矢野同學、佐佐川同學、靜同學、森同學、太田同學，八人大隊浩浩蕩蕩，好不熱鬧。

大雨滂沱的星期六下午兩點，一行人從閣樓小房間出發。

「工藤同學，妳帶了這麼多人的門票嗎？」

靜同學憂心忡忡地問。

「門票？這又不是音樂會，也不需要像上野竹之台03那樣發紙片給大家呀。」

工藤同學咯咯笑道。

在工藤同學的帶領下，一行人搭乘漫長的電車，途中多次轉乘，東奔西走，好不容易抵達一處終點站，前方再無電車可搭。

大雨嘩啦啦地傾盆而下，終點站附近的道路比鄉間小路更加泥濘難行，到處都是爛泥。

「如花似玉的淑女們冒著這種大雨，就為了去看畫，N先生這位大畫家可真要感激涕零啦。」

佐佐川同學被雨淋得忍不住抱怨。

一行人從終點站出口拐進旁邊一條小路，在巷子裡繞來繞去。

「會場到底在哪裡？」

矢野同學圓潤可愛的身子躲在傘下，一邊在雨中跌跌撞撞地走著，一邊虛弱無力地問。

「會場就在N先生的Atelier呵。」

唯獨工藤同學一人，別說雨水，就算是長槍打在傘上也毫無懼色，英勇開朗、霸氣凜然地答道。

Atelier——在場眾人除了工藤同學之外，全都因為那字眼的優美音律（對工藤同學來說，恐怕也是強而有力的美麗音律）——在腦海中激發出一幅瑰麗畫面：

它坐落在一幢美麗的洋樓。那裡終日如陽光下的大海一片明亮，期間穿插著難以言喻的溫柔光影，恰似寧靜的藝術本身，空氣中瀰漫著神聖的氣息。玻璃窗畔放著優雅的古金色畫框。天花板毛玻璃射下的光線，如白銀潺潺落在色澤美麗的光亮地板。模特兒台旁擺著花盆，埃及花紋的巨幅窗簾垂落，輕輕搖曳。

而在那裡，帶著年輕憂鬱的熱情眼神，N先生瘦削的身影浮現——諸如此類遐思不斷。一行人之所以前往無名畫家的個展，甚至不惜冒著滂沱大雨，八位芳華少女淋成落湯雞仍大老遠趕赴畫室，正是因為她們對整件事萌生濃厚的好奇、喜悅，乃至於一絲淡淡的微妙憧憬。

唉，可是這場雨實在太猛烈了。

大雨並不知道：年輕少女一旦內心冒出些許憧憬或熱情，那就絕對不是雨水可以沖刷掉的——所以八名少女儘管對這場大雨抱怨連連，卻人人繼續邁步向前，只盼早點抵達畫室。

那間畫室位置相當偏僻。

一行人終於來到一條狹窄蜿蜒的陰森道路，天空在這裡格外低垂。道路窄得差點要撞上對門鄰居的臉，兩邊擠滿了老舊破敗的房屋，在在展示著貧窮人家的生活景象。

這頭是一家擺著少量盒裝零食的雜貨店，對門是一家打鐵鋪，陳年馬口鐵板隨意扔在水泥地上。打鐵鋪隔壁是當地著名的醃菜店，秸稈納豆堆得老高。再過去是一家居酒屋，酒杯倒扣在酒桶上。接著是一家蕎麥麵店，門口半紙隨風飄揚，上頭寫著盛蕎麥多少錢、湯蕎麥多少錢——從下方可以瞄到客人穿著泥濘草鞋的腳。

「這裡，到底是什麼地方？咦，難道是貧民窟？」

佐佐川同學似乎再也無法忍受，終於出聲問道。

「這裡是巢鴨。」

工藤同學氣定神閒地回答。

「哦喲！八個人一起被大雨淋成落湯雞，在狹窄巷弄東折西繞，而且還是在巢鴨這等地方，這畫面可真美得教人不敢恭維呀！」

佐佐川同學率先譴責這趟畫室之旅，她的抱怨蓋過了雨聲。然而，就算開玩笑也不可能有誰願意走在一條通往精神病院04的路上，前方當然只有一座美麗的Atelier，在雨中靜靜等待這群少女的到來。

怪異大雨籠罩下，工藤同學在貧民窟某個煙雨霏霏的十字路口停下腳步，鄭重轉身看著身後一行人。

那回望的表情既像在說「辛苦各位走到這裡了」，亦似隱含「準備好了嗎？」的提示意味。

眾人登時明白過來。

她們終於抵達N先生的畫室——個人畫展的會場。

少女們站立的街角貌似一家乾貨店，小小的店面擺滿了各種乾貨。

工藤同學環視身後每一位朋友的臉孔，接著將雨傘微微斜向一邊，快步走進乾貨店內。

一行人是為了欣賞畫作而來，是為了參觀工藤同學強力推薦的無名年輕畫家個展——不用說，誰會冒著大雨、幾乎全身溼透，到這種遠離市區的偏僻地方，只為買什麼瓠瓜乾、香菇或麵筋呢！

店門口站著一位全身皮膚黝黑有如煙燻過的老婆婆，對工藤同學嘰哩咕嚕，咧嘴一笑，露出兩三顆黃牙，並鞠了一個躬。

「來，我們上去吧。」

工藤同學回頭對眾人喊道，語氣透著難得的歡喜雀躍——

佐佐川同學杵在離店門口兩三步的位置，傘也沒收。她似乎有話想說，但一時之間找不到適當的詞彙——章子原本站在工藤同學後面，可是工藤同學踏上店裡發黑的榻榻米時，章子並未立刻脫下木屐跟上——這時，秋津同學從後方閃身越過章子，一個箭步跟上前去，沒有發出任何聲音，動作優美俐落。

眾人於是像推骨牌般一個接一個動了起來。章子慌裡慌張、手忙腳亂地走上去，矢野同學後繼無力地跨上去，靜同學嘴裡嘟嘟囔囔地跟上去，森同學身輕如燕地躍上去，太田同學娲娲娜娜地踩上去，最後是佐佐川同學，她咚的一聲整個人彈了上去。

而此時，工藤同學早已站在後頭房間的木地板上，房間旁邊有一個窄小幽暗的梯子。

工藤同學率先爬了上去，梯子發出嘎吱嘎吱的聲音，聽得眾人忐忑不安——與通往宿舍閣樓的階梯相比，這是多麼簡陋、單薄、短小的梯子啊！工藤同學上樓後，只見兩名男子站在那裡，其中一名在梯子正上方鞠躬致意。

工藤同學已經走上二樓，就站在那名男子面前。

「那個……我帶了朋友……」

不確定她後面說了什麼，是「帶了朋友來囉」？還是「帶了朋友登門拜訪」？後面一行人都聽不大清楚，句尾就這麼帶著餘韻，杳杳消散在空氣中。而在說話同時，眾人從後方看見工藤同學用指尖撩起雨水打溼蓋在前額的瀏海，全身優雅地向前彎下一點點，就只有一點點——具體來說，她的左腳或右腳向前踩了一小步，接著後腳嬌滴滴地微微彎成弓形，就只有彎那麼一點點——這種姿態在一般女性頗為常見，毫不稀奇，但換作工藤同學，那位颯爽不羈的工藤同學，先是在句尾放低音量展現某種含蓄，現在又擺出此等女兒嬌態，委實是奇蹟般的現象。

剛才那名男子上前迎接眾人。

一行人拾級而上，從最上面的狹窄木地板往後排排站到梯子上半部為止。

「這位就是 N 先生。」

工藤同學向大家介紹道。

原來剛才那名男子就是 N 先生本人。

N 先生其人膚色黝黑、表情僵硬，整張臉顯得單調乏味，平凡無奇。他的眼睛細小、渾濁又布滿血絲，眉毛稀疏得幾乎看不見，嘴唇單薄扁平，而且暗沉、毫無血色。此外，下巴周圍零零星星生著細鬚，粗糙的皮膚上可以看見一顆顆凸出的毛孔。他身材高瘦骨感，穿著一件雙子條紋05和服，貌似自家手織的粗製品，袖口露出染了些許黑漬的白棉法蘭絨中衣——其中一隻大拇趾的厚趾甲從嚴重磨損的藍色足袋中探出。足袋上面是一件布袋般鬆垮垮的條紋法蘭絨褲，腰間用繩子束著，看似鄉下小店吊掛販售的祭典貼身長褲。和服前襟不整，下襬露出那條寬鬆長褲的褲頭。N 先生看著七名少女（此處不包括工藤同學），青黑色的臉上泛起一抹紅暈，又彬彬有禮地鞠了一個躬。

此情此景，N先生看起來是何等謙遜的男人啊——在第一印象即將定型的最後一刻，這一幕讓N先生蛻變為一位年輕、謙遜、前程似錦的出色畫家。

在N先生恭敬鞠躬之際，卻見那瘦削的後腦杓上，亮晃晃地露出一塊鐵火卷壽司大小的鬼剃頭。

這塊鬼剃頭的Humour，恰似精彩高明的雄辯、亦如活潑暢快的音樂，為少女們帶來相同的娛樂效果——她們在大雨中前來，淋得一身溼漉，各自心中或多或少都有些許不快，而這突如其來的頭頂斑禿，適時一掃少女們的不快與陰霾，讓她們心情為之一振。

站在後方的佐佐川同學終於按捺不住，正容說道：

「請讓我們欣賞您的大作。」

這句話恰如其分地代表大家，回應了N先生的鄭重鞠躬。

「好的。請隨意觀賞。這些還不能算是真正的作品，只是創作過程中的部分片段，但我還是擺了一些出來，希望能給大家欣賞欣賞。」

N先生說這番話時，便似古代女子那般溫順靦腆，卻又隱隱透著值得信賴的強大力量。

就這樣，N先生的神態與面容逐漸流露出一種美好姿態，那是一位為追求卓越畫作而艱苦奮鬥的年輕畫家才有的模樣。

N先生唯一的畫室，同時也是他的住所——在那個約莫八張榻榻米大的房間內，四面牆壁都掛滿了畫作。小幅的畫作簡陋得就像畫在甜點紙盒的蓋子上一樣，沒有裱框；至於大幅的作品，也只是裝在簡單樸素的畫框中而已。

就數量而言，或許不算多。不過，牆上的所有畫作，即使都是一幅一幅分散的作品，也確實給人一種將許多部分片段匯集成一個整體創作的感覺。

老牆面因為滲雨形成地圖般的黃色斑塊、破損的紙拉門、發黑凹陷的榻榻米、老桌子和舊火盆，所有事物都掩不住那幾幅油畫的光彩，它們恍若一幅巨型作品，燃燒著熊熊烈火。

N先生的畫室裡充滿了畫作。

眾人神色肅然地站在畫作中央。

七

天色已近黃昏。

N先生站在鐵軌旁邊，目送眾人乘坐的電車在雨中從終點站巢鴨駛向遠方。

這位貧窮、相貌平凡的一介青年，在那間骯髒畫室裡綻放的人類生命煙火，既高尚英勇，又蒼涼悲壯，八名少女為之情緒激昂。

工藤同學如是說：

「……Ｎ先生的畫作還很稚嫩，如果讓藝術評論家品評，他們大概會毫不留情地抨擊他的心血結晶——他們會說那是沒有光線的畫面，或者指責他不過是模仿塞尚，又或者批評那是少了一個原色的光線下的殘缺色彩——他們一定會破口大罵，嗤之以鼻——但這些都限制不了Ｎ先生的才能，Ｎ先生終將發光，絕不是重複塞尚走過的路，更將走出屬於他自己的路，不論那條路多麼狹隘難行。即使只有殘缺的色彩和微弱的光線，Ｎ先生也將在這不完美的條件下，透過藝術彰顯事物最真實自然的本質。無論如何，Ｎ先生都下定決心要創造出真正的藝術。」

雨中疾行的電車上，大家靜靜聆聽工藤同學這番言論。

「多多體諒那種人的努力、焦慮和苦惱，用溫柔的目光靜靜守護他們的前途，這就是地球女性同胞的重要任務呢。」

森同學羞澀但語氣堅定地說完，隨即垂下微微酡紅的臉蛋——她臉上的紅暈與其說是為了她自己，無寧是為了工藤同學。

「以前的我，想到二十歲這個年紀就覺得悲傷，因為它還帶走了我肩上代表少女的和服打摺06——當初想到自己總有一天會跨過二十歲，就比哭還要難受。可是，我現在終於明白跨過二十歲的好處了。喏，就拿今天N先生的畫展來說，如果我還停留在十七、八歲那種甜美夢幻的少女心，難保不會用極度輕蔑的眼光批判、嘲笑這位優秀的年輕畫家，真是太可怕了——女人果然要滿二十歲之後，才能真正看清人性。過了二十歲，才是女人初戀的黃金時代，愛情才能開花結果。過了二十歲，女人的愛情是用生命去愛的，不會有錯！」

這番話是佐佐川同學說的，就在回程那班電車上——旁邊的森同學聽得滿臉通紅，把臉埋在溼漉漉的雨傘上。

工藤同學的臉——隱沒在乘客之間。

靜同學用袖兜掩嘴竊笑不止。

矢野同學側頭一臉讚佩。

秋津同學的眼神依舊明亮澄徹。

佐佐川同學的長篇大論幾乎像在自言自語，卻又極其認真。

太田同學突然嗲聲嗲氣地插口道：

「啊，關於這件事呀，在那部《金色夜叉》的結尾有寫到呵……」

她就像平常談論戲劇話題那般興奮異常……

凡事都心不在焉的章子，那一刻也覺得太田同學活似一尊滑稽的木偶。

沒多久，電車擠滿了人。

大家都沒了座位，只好抓著吊環，黑手套在吊環上一字排開。

在各自回家的路上分手時，工藤同學眼泛淚光，一一握住每個人的手。

黑手套夥伴在雨中緊緊相握，直到掌心發燙。

那天，眾人冒雨前往巢鴨的經歷，不僅為每個人留下了種種感觸，也成為她們獻給工藤同學最真摯的友誼贈禮。

八

聖誕節即將到來。

YWA建築裡熱鬧非凡，每天都有不同人士進出各個辦公室，忙得不可開交，為宗教慶典做準備。

樓下公布欄貼滿了各種傳單。

外國傳教士主辦的聖誕節活動豐富多彩，某一天是ＹＷＡ會員大會、某一天是東京市女職員慰勞聖誕會，某一天又是某某活動——以各種名堂舉行五花八門的活動。

宿舍這邊照例也要舉辦宿舍內的聖誕大會。住在三樓的職業婦女一邊聊著各自的年終獎金與不滿，一邊不動聲色地籌備聖誕大會。

而不論年終將至、聖誕節即將到來，反正章子、秋津同學、工藤同學等人沒有年終獎金，也不用大掃除，熬過魔鬼般可怕的考試後，宛如掙脫束縛的小鳥，縱情鼓翼飛舞，啁啾長啼。

這天，秋津同學、工藤同學、矢野同學和章子在樓下走廊遇見剛從辦公室出來的高田老師。

高田老師透過眼鏡打量工藤和秋津同學，以她一貫吃人不吐骨頭的態度，裝傻充愣地笑道：

「喂，妳們這些年輕人——聖誕節快到了，有空玩樂的話，就幫幫忙吧——」

「老師，我們就是用玩樂來過聖誕呀。」

工藤同學答腔。

「別這麼叛逆，好孩子來幫忙吧？表演個合唱或者歌劇助興也好啊，對吧各位？妳們總該有點服侍上帝的心意吧……」

「老師，請饒了我們吧，我們服侍自己都來不及了呢。」

工藤同學丟下這句話，便自顧自地離去。

高田老師皺了皺眉，模仿小孩子生氣的樣子，下巴咿……的往前一頂，啐道：

「給我記住了，不管妳們在床邊掛了多少雙藍襪子，聖誕老公也只會呸一聲吐舌，掉頭揚長而去喲。」

樓梯上的工藤同學回嘴：

「老師——我們可是黑手套黨的呢！」

工藤同學提議大夥二十五日晚上窩在閣樓，舉行「黑手套聖誕派對」。

當天上午，章子學校的附屬幼稚園有聖誕活動，她身為養成所的學生，被分配參加童話組的表演，因此不得不出席。

養成所的K老師是日本鼎鼎有名的說故事大師，每每在「童話故事技法」這門課讓學生捧腹大笑兩三個鐘頭。可是，核心價值匱乏混亂的章子卻篤定地認為——比起K老師那些強行套入聖經句子、跟落語一樣了無新意的應景聖誕故事，由她自己瞎編亂造、並親口講述的童話——關於野薔薇、小鳥和鼴鼠之間的友誼故事絕對優秀得多。相較於K老師穿著正式的長外衣、威風凜凜地站在講台上，運用長年琢磨的十八般武藝，詼諧逗趣地講述故事，章子覺得自己穿著洗得發白的和服上衣與行燈袴，怯怯羞羞地站在講台邊緣，時而結巴、時而停頓地囁嚅述說她的創作，更能觸動幼童心靈。因為少了約束和引導人生的那根關鍵釘子，把事情想得太天真，誤以為自己的所作所為都是最好最棒，最後免不了一敗塗地，從活動現場沮喪地落荒而逃。

章子失魂落魄地趕回閣樓，卻沒看到秋津同學。

明明早上才約好，等章子忙完幼稚園的活動回來，兩人要一起在藍色房間布置聖誕節裝飾的呀……

秋津同學的黑檀桌上留著一張紙條：

小紅豆07

我去銀座買好吃的

乖乖在家等我唷

內容沒寫什麼勞什子的美利堅文字，章子非常高興，也鬆了一口氣，立刻就明白對方的意思——因為秋津同學每個月都會去銀座賣歐美食品的大型雜貨店購買紅茶和餅乾。

小紅豆——章子覺得沒有秋津同學的閣樓，就像是少了什麼，好空虛、好寂寞，好似整個人都要消失一般，於是她咯噔咯噔地走下四段樓梯，悄悄去大廳一探究竟。

大廳是聖誕大會的會場，因此一改平時的空空蕩蕩，裝飾得五彩繽紛。舞台中央立著一棵高大的聖誕樹、柱子以杉樹葉圍成綠色拱門，上頭點綴著輕飄飄、明晃晃的銀色金蔥條——在宿舍工友老爺子的指揮下，兩三位活動布置的工人忙碌地工作。

正當章子隔著玻璃側門氣定神閒地欣賞眼前光景，門房大娘扯著嗓門兒對她喚道：

「瀧本同學，那位秋津同學在嗎？她有朋友來訪。」

「秋津同學去銀座買東西了，現在不在——到底是哪位朋友？」

工藤同學、矢野同學、佐佐川同學、靜同學或太田同學從來不會請門房通報，每個人都是悶聲不響地直衝閣樓，因此章子猜不出神祕訪客的身分。難道是森同學那位故作矜持卻又三天兩頭來玩的乖乖牌？

「瀧本同學，她可是位大美人哩，嗳，長得漂亮得不得了！」

大娘做了一個誇張的表情，流露出老人家特有的真性情。

欠缺核心價值的章子，她知道自己眼中的美，跟世俗的美貌標準大不相同，因此並未將大娘的證詞放在心上。

章子跟著大娘來到大玄關。

——就在那一瞬間，章子心跳加速，震撼難平——眼前站著一位雍容華貴、美得直如公主一般的傾城女子。

她的秀髮柔順，氤氳如夢。

額頭瑩白光潤，散發優雅氣質。

那雙明眸美麗動人——卻也藏著一縷幽怨迷離。

芳唇透著尊貴溫柔，風情萬種。

她具備一種無須粉黛雕飾、麗質天生的優雅儀態。

和服布料跟外面那件長版半截式雨衣相同，貌似高級縐綢。富有光澤的茶色底布上，由細到粗的條紋圖案如瀑布排列，每組條紋從開始到結束——從右端到左端，色彩濃淡微妙堆疊，如旋律般優美動人——右端是從底色延伸出來的藍綠色，隨著色彩音階不斷爬升，巧妙轉濃成帶鏽色的藍——朝左端流下的條紋則以神聖的瑠璃色為界，其後又像波浪般回到最初的底色。只見一定寬度的線條規律羅列，在衣袖、袖兜、背部、軀幹和下襬緩緩流動飛舞，隨布料皺褶起伏，浮現又消失，餘音繞梁——佳人身上覆蓋的衣裳，如此這般不再是無生命的器具，而是與其肉身徹底融為一體，奏出色彩的樂章，躍動皺褶曲線之舞……

章子生平首次目睹——

衣衫與一個人這般完美融和的姿態。

佳人手裡纏著一條皮草圍巾。

皮草圍巾在她身上，絕不似其他婦人那般累贅多餘，而是跟整個人結合得恰到好處，不但為衣裳畫龍點睛，更烘托出她的高雅氣質——

而在絕代佳人身後幾步，一名侍女肅容而立。

動作、姿勢、氣質，統統都是貴族家庭侍女該有的樣子。

這名侍女同樣附屬於佳人的美麗之中，令人更加讚歎那位訪客的絕代風華。

章子一走到玄關，那位訪客便優雅躬身施禮。

跟陌生人面對面的場合，章子總是侷促不安——這次尤其更加心慌意亂。

「……秋津同學現在……不在……」

章子全身僵硬地說，猶如忠心的侍女向他人稟告女王行蹤。

「……是嗎……」

——可憐佳人，那是何等龐大無比的失望和悲傷啊——美麗訪客強忍眼裡的淚水，這般無力呢喃，就這麼杵在原地——

……一秒……兩秒……三秒……一分……兩分……三分……佳人一動也不動地站在那裡，接著絲滑優雅地從皮草圍巾裡抽出一隻手，順著香肩往前流動般摩娑胸口，青蔥玉指撥弄絲綢發出窸窣之聲……模樣是那麼地無助哀傷，直似要隨風而逝……

但見袖兜輕輕一翻——佳人背過身子，轉向站在後面的侍女。侍女有如捧著寶刀的貼身小僮，雙手虔敬地捧著一個包袱，此時一手撐著底部，騰出另一隻手解開包袱，取出一個綁著紅色緞帶的細長小盒。佳人伸手拿起那只小盒，遞到章子面前——

「……待她回來，請轉交給她……」

美麗訪客這般輕聲說完，端莊地鞠躬施禮，步出玄關。

只留下章子愣在原地，渾如站在海邊的浦島太郎，捧著那繫著紅色緞帶的漂亮小盒——眼前是美麗海潮退去後，大煞風景的一片寂寞。

然而——章子思前想後，那絕對不是白日夢。

章子捧著那只小盒魂不守舍，活似中了魔的孩子，坐也不是、站也不是。

秋津、工藤、靜同學聯袂歸來，三人手裡大包小包地走進閣樓的房間。

章子把盒子拿給秋津同學，說起佳人來訪一事。

「哦……是誰？」

秋津同學問道。

……是誰？啊，是了，章子沒問對方的名字——她當時太過震驚了。

秋津同學和其他人聞言笑出聲來。

章子連忙跑下樓，衝到門房大娘那裡。

「剛才來找秋津同學的客人，妳知道她的名字嗎？」

她問完，大娘一臉茫然地說：

「啊啊，妳說那個漂亮小姐嗎——呃，我剛走出去的時候，她有說了一個名字——嗯……叫什麼來著——哎呀——這可真糟糕——我記得她好像是叫什麼什麼的——呃……

唔……」

——情況便是如此——章子陷入絕境。

「真的一點都想不起來嗎？」

章子苦苦哀求，可是——

「唉——我真的忘了嘛——呃，那麼漂亮的一個姑娘，看得我忍不住就恍了神……」

大娘就這樣笑著把章子打發走了。

章子垂頭喪氣地回到閣樓，不知該如何是好。房間此時既已點燈，太田同學和矢野同學也在，大家都是來參加今晚在這藍色房間舉行的聖誕派對。

「大娘知道嗎？」

工藤同學也對訪客生出濃厚興趣，殷切地問。

「大娘說被那位漂亮小姐迷得神魂顛倒，忘了她的名字。」

章子報告完，眾人哄堂大笑。

今晚參加派對的成員都已得知訪客姓名不詳的事件，各自側頭猜測她是何許人也。

「既然說是漂亮小姐……那……」

太田同學微歪著頭沉吟。

「盒子包裝上沒寫名字嗎？」

矢野同學提醒道。

秋津同學把那只小盒翻來覆去查看，別說是名字，連個像樣的字跡都沒有。

「看來得請私家偵探幫忙調查一下了。」

工藤同學半開玩笑地說。

打開盒子瞧瞧說不定就能在裡面找到什麼線索，眾人於是決定一探究竟，化身為一群窩在閣樓研究室的頂尖偵探學者，試圖推敲出贈送盒子的是何許人也。

秋津同學終於打開了外盒。

裡頭是一只白色圓盒，打開盒蓋後，一尊玩偶躍入眾人眼中。

閣樓燈光下出現一尊留著妹妹頭的可愛玩偶，穿著緋紅色的紡綢振袖和服，質地相同的深琥珀色腰帶在背後綁了一個斜箭結，睜著大大的眼睛，面帶微笑。

「哇，好可愛！」

太田同學不勝豔羨地讚歎。

「噯呀，匿名餽贈精美玩偶，這根本就是少女小說的絕佳題材嘛……」

佐佐川同學表示。

「這麼討人喜愛的造訪方式，到底是何方神聖呢？」

工藤同學如是說，仔細端詳玩偶，「謎樣的女人……謎樣的玩偶……」嘴裡篤篤喃喃，噗嗤一笑。

章子一想到是自己的疏忽才讓那位美麗訪客變成謎樣的女人，心裡好生難過。

「正因為不知道名字，更顯得這份禮物引人遐思……」

工藤同學事後又說了這麼一句，但……

就在此時，食堂鐘聲響起。

其他六人都是吃過晚飯才來，因此只有秋津同學和章子兩人前往食堂用餐。

兩人將其他人留在房間，出了房門剛要走下窄梯，秋津同學陡然叫住章子。

「等一下……喂。」

秋津同學揪著章子的衣袖進入隔壁臥室。

她接著打開壁櫥，取出一只茶色柳木行李箱，再從行李箱裡取出一只朱漆盒。蓋面有銀漆彩繪，是女子衣襬常見的菊花圖案。蓋子打開後，裡面裝滿了照片，小張的、大張的、不大不小的。她從許許多多的照片中摸出一張來。

「今天那位訪客——是不是這個人？」

只見照片上有兩名少女，一個坐著，一個站著。

站著的是秋津同學，坐著的正是今天傍晚造訪的佳人。

兩人下身都穿著行燈袴，上身則是輕質羊毛面料的單層和服，一小截白領自衣襟露出——貌似女學校高年級學生的年紀。

「咦？這個、這個、這個人——」

章子看得整張臉幾乎要貼在照片上。

「……」

沒有回應——章子悄悄朝秋津同學望去，卻見那雙明眸空空洞洞——眼神渙散地對著房裡的木板牆，而眼眶中——啊啊，眼眶中甚至泛著淚光！

這是章子第一次看見秋津同學流淚。

這天晚上，章子她們完全沒有參與一樓的聖誕大會，一直窩在閣樓的小房間裡玩樂。這群不檢點的少女假借慶祝聖主耶穌降生的名義，在牌桌上廝殺惡鬥。

秋津同學不知怎的，不時流露異樣神色。

乍看之下，她的舉止與平常無異，但在朝夕相處的章子眼裡，稍加留意便漸漸發現，她其實不斷努力在維持若無其事的模樣。

「喂，秋津同學，妳出錯了吧？妳的底牌不是鑽石三嗎——」

工藤等人群情激動地指責秋津同學。

一樓大廳的聖誕大會結束時，遠在四樓的閣樓聖誕撲克牌大賽也告一段落，大家準備回家了。

秋津同學和章子先隨眾人緩緩下樓，接著又混在如雪崩般散去的人群中，慢悠悠地走向大馬路。

最後索性陪大家走到電車站。

待所有人都搭上電車離開，不用說就只剩秋津同學和章子。

秋津同學回程一路低頭盯著地面，肩膀縮成一團，雙手插在短外褂的腋下開衩處。

這是秋津同學在天氣轉涼開始穿外褂後的一個習慣動作，可是那天晚上，這個小動作好似蒙上一層悲傷陰霾。

章子走著走著，忽然發現秋津同學不見了。

章子方寸大亂，花容失色。她穿越電車軌道，獨自到另一側的大街小巷裡東折西繞、四處尋找，卻始終看不到秋津同學的蹤影。

她暗想秋津同學說不定一時興起上了某班電車，於是急急忙忙地衝向一輛停在車站的電車。趕往電車站的途中，章子看見秋津同學雙手插在腋下，低著一張蒼白面容，搖搖晃晃地從一家賣歐美雜貨及和服的小型百貨行櫥窗前面走過。

「噯，我真的擔心死了。」

章子這麼一喊，只聽見秋津同學以一種寂寞頹喪的絕望聲音說：

「我才在找妳呢，本來想跟妳借點零錢……」

秋津同學伸出一隻手，從袖兜裡掏出一份報紙，在人行道的燈光下輕輕攤開，低頭讀了起來。

那是北海道的報紙。

那間店轉角的鋪石路上，擺著各種地方小報，用石頭壓著，旁邊貼著傳單，上頭寫著「別錯過故鄉近況！」之類的宣傳標語。秋津同學大概是買了一份故鄉的報紙，因為沒有小鈔，這才耽擱了許久。

寒冷冬夜，在街角購買故鄉的報紙，雙手插在腋下，沒精打采地走著，這一幕格外淒涼悒鬱，看得章子悵然若失，心中不安。

章子無端感到一陣孤寂。

兩人默默無語，從街上返回閣樓。

回來看到閣樓的燈光，心情才平靜下來。

秋津同學似乎也比較輕鬆，總算開口說話了。兩人百感交集地尋思：

——我們倆果然是屬於這昏暗閣樓的女孩。偶爾到繁華大街，周圍華燈璀璨只會映照出我們的憂鬱和寂寥。對於我們這兩個渾渾噩噩的脆弱女孩來說，這灰色的避風港——閣樓，才是最好的心靈棲息地——

不一會兒，兩人在閣樓酣然入夢。

譯註01——於六月第二個星期天舉行的「兒童節」別名。一八五六年，美國麻薩諸塞州發起的新教派教會活動，明治中期傳入日本。在教堂裝飾花朵，做禮拜，再把鮮花帶到醫院慰問病人。

譯註02——一八九三年成立的基督教婦女團體，正式名稱為「日本基督教婦人矯風會」，推廣禁酒、禁菸、廢公娼、一夫一妻制。。

譯註03——一九一四年三月二十日至七月三十一日，東京府在上野公園舉行大正博覽會。

譯註04——一八七九年成立的東京府癲狂院，最初位於上野公園，一八八九年遷至巢鴨，一九一九年遷至世谷區現址，並定名為東京府松澤醫院。

譯註05——條紋圖樣的一種，在粗條紋的兩側各有一條細紋。

譯註06——將和服肩膀布料打摺縫起原是為了配合兒童成長調整袖子長度，撙節開支，但當時女學生為了修飾肩線、讓身形更顯俐落，到高年級仍流行肩部打摺。

譯註07——章子（AKIKO）的發音和紅豆餡（ANNKO）類似，故被當成小名。

我們的閣樓啊。再見了！

第五篇

我們的閣樓啊。再見了！

一

新年即將來臨。

秋津同學家住得比較遠，所以寒假無法返鄉，再加上故鄉北海道遭逢冰雪侵襲，島內交通中斷——

章子則必須返鄉。

即便是她這般渾渾噩噩的女孩，仍需考慮對舅舅家的人情義理。

於是章子給小表弟妹們買了玩具當伴手禮，搭火車回到某個鄉下小鎮。

舅舅家一如章子昔日居住時那般人多嘴雜。

嬌生慣養的表弟妹們時常吃零食，可愛的和服前襟總是弄得髒兮兮的。

擔任郡議員的舅舅有時外出公務，有時參加能劇謠曲大會，只見他悠然自得地將眼鏡推至額頭，儼然鎮上的領袖人物。

八面玲瓏的舅媽將繁忙的店鋪生意和家務打理得井井有條，偶爾也差遣奶媽去買她鍾愛的鶯餅解饞。

店裡的掌櫃和學徒們一邊哼著小曲，一邊準備正月的特賣活動。

章子在廚房幫女傭和嬤嬤一起做年菜。

她削茨菰時，因為皮削太多而被嬤嬤責罵。

眾人在除夕夜守歲聽完一百零八下撞鐘。店鋪通宵加班，大夥一邊在後頭大啖搗年糕時順道製作的餡衣餅，一邊忙著將店裡要分送的手巾摺好放進包裝紙裡。章子也參與其中，可不但動作比別人慢，還笨手笨腳弄破好幾張包裝紙。

新年期間，章子在後院陪表弟表妹們打板羽球，一群人甚至玩到大馬路上。缺乏管教的孩子們蠻橫自私，爭吵不斷，老是哭得稀里嘩啦的。章子這時就得一肩扛起調解與安撫的工作，往往搞得她滿頭大汗，最後也禁不住大動肝火，將無辜的球拍砸向電線杆洩憤。此時恰逢傍晚——紅色夕曛掠過街道屋瓦頂端和倉房白牆邊緣——從瓦片屋頂的尖端遙望，鎮上大寺院的高聳屋頂亦清晰可見，更遠處的天際，太陽緩緩西沉——章子怔怔望著這幅景象，唉，這一刻她是何等思念秋津同學吶。

一想到那座城市ＹＷＡ閣樓中的藍色房間，此時燈光應已亮起——章子內心便湧起萬千思緒。她決定寫下人生第一封貨真價實的信，寄給秋津同學。她縮在家中一隅，整整半日筆耕不輟，寫就好幾頁、好幾頁的長信。章子就像那些為了人類、為了人道、為了真理而執筆的偉大西方作家，簡直是懷著「從吾筆尖滴落的並非黑墨，而是吾之熱血」的崇高靈魂，振筆直書。她全然忘卻饑渴，心無旁騖地寫信。章子確實文思泉湧，彷彿全身血液盡數化為墨水那般下筆如神——

章子筆走龍蛇渾似熱病患者——字句迸發直如瘋狂附體，話語如炸裂般飛散。縱使章子運筆如飛，仍難以忠實記錄那烈焰般熊熊燃燒的思慕之情。這場非比尋常的古怪熱病肆虐她的身體，摧殘蹂躪，讓她筋疲力竭——噯，這教人歇斯底里的陶醉、思慕的狂舞、愛欲的幻想，章子甚至懷疑自己體內每個細胞都產生了某種毒素。

在這奇異的狂熱和幻想驅使下，章子寫就一封大氣磅礡的長信，並反覆閱讀。她宛若舔吮品味酒杯底部的沉澱物，一遍又一遍地咀嚼每個字句。隨後，章子幾乎被羞赧之火燒成灰燼，她眼冒金星、渾身顫抖、心臟如鐘鳴般劇烈跳動，幾欲迸裂。她驚慌失措地迅速塗掉信中文字，一遍又一遍地抹去，直至那封信幾乎變成一張黑紙。

然而，章子唯獨保留了一行。

將這一行文字送給秋津同學，對章子而言是賭上性命的大事。這短短一句凝聚了所有的狂熱、幻想、淚水、烈焰、鮮血、肉體、嘆息、心臟、眼眸與紅唇——嗚呼哀哉，所有的犧牲奉獻盡在其中。

……我愛妳……

只留下了這麼一句。而那封可謂章子畢生首次全心全意「創作」的長信，已被撕得粉碎。

接著，章子哭了。

她終究忍不住哭泣。

唉……最後那短短一行字亦被章子親手抹去——然後，章子像個孩子般抽抽噎噎地哭個不停……

新年假期的某一天，舅媽帶領全家人到鎮上看戲。

章子亦隨眾人前往。

又小又髒的戲院擠滿了人，熱鬧哄哄。

舞台上，巡迴演出的演員們正在表演某位新派悲劇小說家創作的某齣戲碼。

梳著丸髻的女子用長煙管打她的繼子，忠心耿耿的老僕在一旁哭泣，生母在圍牆外看著這一幕嘆息——鐘聲咚的一聲響起，梳著島田髻的女孩挽起和服下擺、反手握著殺魚刀出場刺殺一名男子——一名女子從橋畔柳樹蔭下現身，正欲投河自盡，這時一位紳士出現，阻止了她——各種人物登場、退場、幕起幕落，好不忙碌——觀眾席上許多女性掏帕拭淚，章子卻看得哈欠連連，加上睡眠不足，昏昏沉沉直打瞌睡，更令她難受的是雙腿發麻。舅媽似乎買了兩三個包廂，但一處就擠了舅媽、小表妹、嬤嬤和章子四人，她根本無法伸展雙腿，苦不堪言——她強忍哈欠以致淚水盈眶、因雙腳發麻而面露愁容。尤有甚者，舅媽為了尋求她的認同，不時針對台上的悲劇情節發表高見，章子不得不勉強作出適當回應，著實備受煎熬。

寒假將盡，隔天便要重返東京，章子開心得要飛上天一般，一顆心小鹿亂撞，血液直衝腦門。

章子走到廚房，依依不捨地與女傭攀談，喜悅之情使她對即將分別的眾人湧起溫情。她還耐心地為表弟表妹們朗讀繪本故事。

在鄉間小鎮的晨光中，章子自車站啟程返回東京。

啊，這解放的自由感！

章子的胸膛在這一刻確實舒展開來。

再見了，你這食古不化、正經八百、愚魯、戇直、土裡土氣、老氣橫秋的鄉下小鎮！

章子向車窗外一鞠躬。

——啊！回到閣樓！

——哦！回到那藍色三角形的房間！

——回閣樓！回閣樓！

火車載著章子的熾熱幻想與相思淚珠向前奔馳。

當火車駛入都市車站——章子的離愁亦隨之逐漸平息。

嗳，當章子再次在都市街頭看見ＹＷＡ那棟灰色建築窗口的燈光——那感覺實在、實在是……該怎麼形容呢？天吶，她簡直欣喜若狂！！

如果可以，章子真想伸出雙臂緊緊擁抱那棟建築。

章子在玄關鞋子一脫，就箭也似的奔上四段樓梯。

她撲向閣樓那扇藍色房門，恍如要將整個身軀撞向門扉，接著，呼出一口灼熱如火的氣息。

二

章子彷彿即將目睹某種美麗而偉大、令人生畏的事物，在難以言喻的甜蜜恐懼和柔情滿溢的期待下，她熱血澎湃地走向思思念念的藍色房門——直欲親吻般地貼了上去。

然而，門內毫無動靜。

她等了數秒，終究沒得到任何回應。

可是，藍色門縫中卻有燈光流瀉而出。

——是了——定是房間主人有事暫離，那美麗身影此刻就在這棟建築某處——再過不久、再過不久——她便會回來此間——然後，在毫無預警的情況下，驚訝地發現章子彷彿從地底冒出來般地站在這裡，那雙明眸——哎呀——會是怎樣的表情呢？

章子推開門，衝進房間。

房裡不見秋津同學，只有天花板一盞電燈孤零零地綻放光芒，宛如夜間太陽。章子躲在門後，屏息等待——期待著幾分鐘後，優雅的腳步聲在窄梯上響起——來到這扇門前——貼近，開門，章子猛然現身——然後……哎呀……然後……光是想像，就讓章子沒來由地害臊，心跳加速。

可是，不管她如何等待，始終沒有聽見任何聲響——那沿著窄梯走上閣樓的腳步聲並未傳到章子耳中。

章子耐著性子等了很長一段時間。

但，某種預感如荊棘般不停扎在她的心房，暗示她所有的期待與忍耐都將落空，令她痛不欲生。

章子便似從閣樓一躍而下，大步流星地闖進樓下的舍監室。

她突如其來的出現——收假歸來沒先到舍監室打聲招呼，就旋風般地衝上閣樓，旋即又垂頭喪氣地現身——舍監為之啞然。

她的表情中隱含著對章子「不通情理」或「不知輕重」的無聲譴責。

「秋津同學不在，這是怎麼回事？」

此刻，章子心中全然忘了應該先向舍監問安。

她的內心完全被秋津同學占據，只顧著詢問她的去向。

面對這位徹底的自我主義暴君，舍監也只有舉白旗投降，放棄無謂的表情譴責，簡短回答說：

「秋津同學去了××。」

單單這句話就足以讓章子昏厥——要是她身子再虛弱些，恐怕當場就會腦缺血，偏偏她絕望到連腦缺血都無力發作。

（像腦缺血或莫名其妙暈倒這類東京人特有的驕縱行為，跟章子此等渾噩古怪的鄉下女孩實在格格不入。）

於是乎，章子拖著沉重的腳步回到閣樓的藍色房間。

房裡只剩一盞亮晃晃的燈——那光線近乎殘酷地刺目。

在這片毫無遮蔽之處的光亮中，悲傷與絕望顯得格外淒涼——章子此時終於領悟了渴求黑暗者的心境。

章子全身的神經繃得如針尖般銳利，她環顧這明亮刺眼的房間，不願放過與秋津同學有關的任何蛛絲馬跡，緊張得四肢微微打顫。

哦，那裡有一張桌子，一張黑檀木的桌子，有如靜物畫般勾勒出清晰的黑色線條。

黑檀桌上擺著一本書和一本字典。旁邊有一只花瓶，裡面浮著兩朵帶葉的黃水仙。而倚著那只花瓶的……是一尊玩偶……那是先前聖誕夜，一位不知名的美麗訪客所帶來的禮物。

妹妹頭髮型——白色臉蛋——紅色和服——一雙眼睛在燈光下睜得大大的，笑容呆滯地跟花瓶相依偎。秋津同學——向來厭惡任何紅色物品，不要說放在桌邊，就是擺在身旁都極度反感——究竟為何要將這尊玩偶擺在桌上呢？對章子而言，這不啻是一個奇蹟。

玩偶——章子深知它絕非尋常之物。

那個聖誕節的黃昏，一位美麗訪客親手送來這份意義非凡的禮物——秋津同學曾向章子展示過一張自己與那位送禮者的合照，以此確認了那位訪客的名字，卻從未向任何人提起對方的身分。不僅如此，那晚步出街頭後，秋津同學那分寂寞神態——還有那晚眾人玩撲克牌時，她心不在焉的模樣——總而言之，章子每每想起這些細節，便深感其中必有某種——某種難言之隱。

秋津同學、那尊玩偶以及那位美麗訪客之間，存在著章子永遠無法參透的深奧祕密，章子認為自己不該踏足那個世界。

當秋津拿出那張照片，而章子指認出照片中的那個人時，淚光在秋津同學眸中閃爍。想到這裡，章子心情越發沉重——內心滿是不安與悲傷。

——章子將秋津同學奉若心中的女王與公主，甘心跪伏於其腳下，如侍女般服侍對方——無論這世界多麼遼闊，芸芸眾生中，她只願為秋津同學一人而活——章子如此認為，如此相信，如此祈禱，如此盼望。

如今，這間看不見秋津同學的房間，顯得一片空虛。

章子繼而頓悟：

——從今而後，自己將是個沒有秋津同學便無法生存的人。

章子怎麼都靜不下來。

她想揮舞雙手、甩頭大喊，從天之涯海之角喚回秋津同學。

章子再次環顧房間，不放過任何帶有秋津同學氣息的物品，活脫一隻迷了路的可憐小狗，瘋狂地尋找主人……

她發現秋津同學的書櫃上有一小張白紙在飄動。

那張白紙在那裡飄呀飄的，渾如駭人惡鬼般威嚇著章子敏感的神經末梢。

章子拿起紙片——那是一張電報——她用發抖的手戰戰兢兢地展開。

上面的文字恰似要吸進章子眼中般浮現出來：

「一個人，等妳來」

——一個人，等妳來——章子胸中血液奔騰咆哮。

發信人是誰？章子的雙眸想必變得如女巫般銳利血紅——發信人是誰？

——她氣急敗壞地打量，只見上面寫著一個「絹」字，發信局是是××，這封電報是今天早上六點二十分收到的。

章子有如親睹般清晰想像出秋津同學收到這封電報後的行動：

這封電報一送達閣樓的藍色房間，秋津同學的明眸深處就閃現從未在人前顯露的光芒。然後，她在清晨昏暗的閣樓房裡點了燈，著手整裝——她收好行囊——她出門了——前往××——在此之前，她一直靠著這張桌子，直勾勾地盯著那尊穿著紅色和服的玩偶——啊，她終究是去了××——章子匆匆跑下三樓，向某個房間的人借了火車時刻表，查詢東京前往××的發車時間。既然電報是早上六點多收到的，她推測秋津同學必然是搭乘七點多至八點左右的火車——上午八點三十分有一班從東京出發的火車，但那班是特快車，沒有停靠××，秋津同學應該是搭乘下一班八點四十五分的火車——接著，秋津同學搭乘的火車在中午十二點一分抵達××——月台上早已有人痴痴等著東京來的火車——絕代佳人——正是贈送那尊玩偶的女子——「一個人，等妳來」的人兒此刻與她儷影雙雙——自車站聯袂離去——╳╳是一處風景名勝。章子從未去過，但聽說那裡靠海，冬季溫暖，可以遠眺富士山，附近的松樹林有一個美麗的傳說：仙女曾在此遺落羽衣，並在一名老漁夫面前婆娑起舞。01

此刻——秋津同學就在那裡——如此一想，過去與章子毫無關聯的「╳╳」這個地名，便如一團熾熱的火球在章子腦中灼燒——百般折磨著她。

秋津同學——

紅色和服的玩偶——

電報——

╳╳——

絕代佳人——

而自己——

章子在榻榻米上翻來覆去，痛苦不已。

這分巨大的痛苦是什麼？

這種壓得她透不過氣來的沉重憂鬱又是何故？

「傻女孩，讓我來告訴你吧……」惡魔發出陰險的笑聲，在章子耳邊低語。

……嫉妬……

惡魔只留下這麼一句話，便消失不見。

章子頓時滿臉通紅……那該死的惡魔為什麼不乾脆罵她「不知羞恥」？

哦呵……原來是嫉妒……嫉妒。

門——藍色房門剝啄輕響。

「有人嗎？喂？」

工藤同學粗暴急躁的聲音響起。

工藤同學走進房間。

「秋津同學去哪兒了？」

她問道。

章子再次滿面通紅。

繼惡魔之後，換工藤同學來狠狠抽了她一鞭子。

「她不在。」

章子如此回答，同時將那張電報放到桌上。不知心理學家會如何解釋這個舉動，只是章子覺得無論如何都必須把它放回桌上，便這麼做了。

「什麼？那不是電報嗎？」

工藤同學目光投向電報。

方才那惡魔在章子身後拍手大笑，手舞足蹈。

「到底是什麼？讓我看看——」

工藤同學打開電報讀了起來。

「……啊啊，是絹……那就是吳尾同學發的……不過她現在變成伴男爵夫人了……『一個人，等妳來』，還真是逍遙快活吶……聽說她丈夫是╳公司的工程師，大概是出差去了吧，所以就換人上陣，把秋津同學叫去作伴——」

工藤同學桀桀怪笑，把電報摺好隨手扔在桌上。

「所以，發那封電報的人叫吳尾絹嗎？」

章子可憐兮兮地問道。

「正是，舊姓吳尾，現在是╳╳╳股份有限公司工程師伴男爵的新婚妻子絹子……兩人正在伴男爵╳╳的別墅『新婚避寒』呢。」

工藤同學口沫橫飛地調侃——對別人的心情渾然不覺——章子曾在某本小說中讀到對這種豪爽女子的抱怨。

章子現在深切體會到那句埋怨的耐人尋味和哀傷。

「那、那、那、那個人……就是送來這尊玩偶的人。」

章子彷若發現了一個支配浩瀚宇宙的全新祕密，結結巴巴地說。

「……喲，這倒是一齣好戲哩……」

工藤同學噗哧一笑。

「……吳尾同學是去年年底結婚的，所以說，這玩偶就是她出嫁前幾天到這裡找秋津同學時送的囉……對了，小紅豆，妳不就是在聖誕節那天代收卻不知道是誰送的，還一臉如喪考妣嗎？」

工藤同學說完又輕笑一聲。

「喂，小紅豆，這可怪了，新婚燕爾，竟然趁丈夫不在發電報把別人叫去，實在太不像話了！不知道那位哈姆雷特小姐是以什麼表情趕赴××的呢？」

工藤同學縮著脖子狡黠笑道。

「而且最重要的是，一邊是那位哈姆雷特小姐，另一邊以前是富豪吳尾家的小女兒，如今則是男爵家新娶進門的夫人，真是太有趣了……確實是如畫中人物般的佳人吶。」

工藤同學自顧自地暢所欲言後，推門離去。

臨走時又回頭說了一句：

「晚安，唐吉訶德小姐。」

不久，腳步聲消失在樓梯間。

按工藤同學的說法，秋津同學是哈姆雷特，章子則是唐吉訶德。

「——可是，現在的我不是唐吉訶德，而是悲慘、可憐、軟弱的奧賽羅！」

章子對著藍色木板牆大喊，咚的一聲用力捶打牆壁，木板牆內的空洞傳來嘲諷般的響亮回聲。

傻蛋！哈姆雷特和奧賽羅何時能在同一個舞台上演了？

章子整個人嘭咚一聲往地板一摔。

她曾經讀過一首詩，其中一句話是這樣的：

——想要喀嚓喀嚓咬碎眼前的點心盤——而此刻，章子只想喀嚓喀嚓咬碎眼前的黑檀桌。

她又朝木板牆上重重一捶。

然後，章子整個人趴在榻榻米上，放聲大哭。

三

朦朧中章子意識到——天亮了，新的一天早已到來。

現在大概已是晌午。

章子哭得體力不支，在黑檀桌旁睡著了。

她喉嚨腫脹，發不出聲音，身體疲憊沉重，頭痛欲裂——

全身上下都懶洋洋、沉甸甸的，非常難受，真的是難受極了。

這天是章子學校第三學期的開學日。

不難想像即便被倒吊起來，她這天也不願意去學校。

最後她整天窩在房間，偶爾想到就揮拳朝藍色木板牆一捶。

每當心臟越跳越快、腦袋即將沸騰，只要發病似的掄起手臂用力捶打牆壁，就能成為她的安全閥，稍稍緩解她心中瀕臨爆發邊緣的苦悶渾沌之火。

那天晚上，藍色房間又如前夜亮起了燈。

樓梯傳來腳步聲。

腳步聲如天籟直抵章子心房——那是秋津同學的腳步聲。

章子猶如獵犬或偵緝犬，大老遠就能辨認出秋津同學的氣味和腳步聲。

對任何事物都缺乏專注力的章子，獨獨對秋津同學匪夷所思地精細靈敏。

章子一聽見那腳步聲——便仔細環顧室內，對從早到現在還沒打掃感到無比愧疚。

這簡直是個奇蹟！

聲音響起的瞬間，章子的靈魂立刻像花瓶添了水的花一般生意盎然、昂首挺立、煥然一新、神經活躍起來。這位後悔沒有打掃房間的忠誠小侍女，楚楚可憐地屏息躲在藍色房門後，肅容迎接美麗的公主回城。就在此時，她注意到桌上那張白晃晃的電報——映入眼簾的剎那——那難以忍受的痛苦再次猛烈湧上心頭——章子必須咬牙忍耐，將那張紙放回書櫃上原來的位置——彷彿要攫住妖怪的脖子，手就這麼瑟瑟顫抖地抓住一張小紙片——要忍住不將它撕碎，而是再次悄悄地、小心翼翼地將放回原處，這需要何等悲愴淒涼的努力啊。

秋津同學進來了。

她見到章子，嫣然一笑——看起來非常疲倦。

她的聲音變得低沉許多，更添一絲溫柔。

「——妳什麼時候回來的？……我啊，去伴夫人××的別墅住了一晚……哦，那位伴夫人向妳問好……喏，就是去年聖誕節傍晚，妳替我接待的那位，我當時不在——」

章子誠惶誠恐地垂首聆聽，或許沒有原因，又或許是人類祖先遺傳下來的習慣，對於美麗的男爵夫人記得自己，並且託人問候，章子莫名感到高興。

於是章子露出笑容，就像五、六歲的孩子看到點心是蜂蜜蛋糕那樣咕嚕一聲吞口水笑了起來——

不過，那不是蜂蜜蛋糕，而是美麗年輕的男爵夫人。

「然後呢，這是她讓我帶給妳的禮物，來，我確實交給妳囉。」

秋津同學從黑色絲綢包袱中取出一盒漂亮的西式糕點，放在章子面前。

章子對著那盒糕點深深一鞠躬。

秋津同學穿得相當時髦。

想必是受將軍家喜愛的特等縐綢，又或錦紗縐綢一類的名貴布料吧，無論是半截式雨衣、短外褂，還是和服都十分精緻。然而，這些衣裳的顏色和圖案卻一點也沒有展現出秋津同學的個性——外褂是靛藍底配水藍條紋，周圍散布大小不一的水珠，內襯鮮紅色粗絞染的紡綢；和服是三、四種平凡無奇的顏色所染成的圖案；雨衣則是刺眼的深紫面料繡上碩大的花朵——這些千金小姐風格的服飾花俏豔麗，顯然不是秋津同學自行挑選，肯定是她家人的品味和選擇，就這麼壓在行李箱底部。

秋津同學走進隔壁房間，窸窸窣窣的衣物摩擦聲傳來——當她再度出現，已經變回平常的秋津同學，散發一股清冷美好的幽寂氛圍。

她穿上親自挑選的銘仙便服，無論是袖子還是下襬，都與她的心靈旋律完美契合。

「今天浴室有開呵。」

秋津同學說道。

即使是短暫之旅，旅行就是旅行——這種一回到歸宿就想沐浴的態度，讓章子很欣喜。

兩人拎著毛巾下樓前往浴室。

沐浴過後，兩人雙雙沉浸在一種難以形容的輕鬆愉悅、如夢似幻的氛圍中，面對面坐在閣樓藍色房間的燈光下。

章子在這幸福的粉紅光線中打開美麗的╳╳夫人贈送的甜點。盒內宛然女王的珠寶箱，裝滿了各式各樣的糖果，包裹在銀紙裡，有圓形的，也有長條狀的。

她逐一打開銀紙包裝品嘗，有香濃的巧克力，也有甜美的核桃糕。每一種甜點都蘊含著美麗的貴族夫人若有似無的嘆息和隱約縹緲的哀愁，甜美芬芳中又透著一絲淡淡的憂傷……

四

某天，矢野同學前來告知，工藤同學得了重感冒。

秋津同學在星期六與矢野同學、森同學三人一同前往探望。

章子一方面要上學，加上覺得自己與工藤同學尚未熟稔到可以親自探病的程度，便婉拒同行，只託她們代為問候。

秋津等人帶著一盆風信子，前往郊外工藤同學的家。

章子事後暗暗糾結不已。

她想像工藤同學臥病在床，仍如往常般滔滔不絕，向秋津同學訴說前些天晚上在藍色房間裡的情景——諸如可憐的唐吉訶德正逐漸進化成（還是退化？）悲慘的奧賽羅，並提及那張電報——如此一來，章子的醜態將赤裸裸地暴露在光天化日之下。

章子想像至此，難以自持地雙手掩面——整天悒悒不樂。

沒多久，秋津同學歸來。

那憂鬱的神情——

章子又如何能直視秋津同學的面容？她縮在在房間一角，心想：天吶，秋津同學肯定什麼都知道了！章子宛如等待判決的重犯，臉色慘白、低垂著頭，幾乎要陷入地板內。

忽然——秋津同學低聲哽咽道：

「小紅豆……工藤同學……工藤同學病得很重……」

秋津同學淚如雨下。

「工藤同學高燒不退，已經昏迷不醒……還併發了肺炎……所以……我們只能把盆花交給她母親，就回來了……」

章子聽聞此言，頓時如釋重負。

心上的大石頭終於放了下來。耳邊聽著秋津同學的啜泣和話語，章子心中仍不忘為自己暗自慶幸。

噯！這可真是逃過一劫，章子喜出望外。工藤同學高燒昏迷——無法見客，更遑論交談——太好了！那晚的祕密沒有洩露——章子終於鬆了一口氣，緊繃的雙肩亦隨之放鬆——然而下一刻，章子全身顫慄、心如擂鼓，啊，所謂毛骨悚然，大概就是這種感覺吧——章子清清楚楚地看到了，她看到了潛藏在自己內心深處那股強大可怕的自私——因他人病痛得以保全自身祕密，而她居然為此感到欣喜，這種念頭究竟是誰賦予人類的？是誰饋贈的禮物？

「惡魔！」

章子雙手揪住自己的髮絲，痛苦掙扎。

兩天後的晚上，秋津同學接到森同學的來電。

「工藤同學於當日清晨過世了。」話筒另一端傳來這則消息。秋津同學搖搖晃晃地走出電話室，然後爬行般地回到閣樓。

章子臉上血色盡退，哆哆嗦嗦，宛如中了邪的野獸在房裡不停徘徊打轉。她頻頻嚥口水潤喉，試圖冷靜下來。

嗚呼，工藤同學永遠不會再造訪這間閣樓了！

郊外寺院舉行了一場儀式，向工藤同學的遺體作最後的告別。

章子也以友人的身分，與秋津同學一同出席這場儀式。

矢野同學、森同學、佐佐川同學、靜同學和太田同學等人也都來了。

工藤同學的棺木安置於一座酷似原木神轎的台子上，由一群長相貪婪鄙俗的工人像搬運貨物一樣抬了進來。

棺木周圍擺放著幾朵金紙和銀紙摺成的蓮花。

一位看似嗜酒發福的中年僧侶，拖著一件兒戲般金光閃閃的袈裟走出，後頭跟著一名滿臉小疙瘩的年輕僧侶，穿著一件活似把舊蚊帳斜披在身上的衣服。還有一個十五、六歲的頑皮少年，穿著短小的黑衣，東張西望地跟在後面。
他們接著拉長音調念起經文，聲音含糊不清，令人難以理解。那個少年則時不時就咚的一聲敲響傻憨憨的鐘聲。
過了半晌，中年僧侶起身走到棺木前，揮舞一根朱色的棒子，頂端束著一簇潔白蓬鬆的毛，宛如驅蠅拂塵，嘴裡念念有詞——章子聽得一頭霧水。
僧侶念經後，出席者逐一上前向棺木拈香，章子等人亦步其後。
章子拈完香，在棺木前鞠躬，心裡默默懺悔——在內心深處請求原諒。
離開時穿過寺院庭園，只見紅色山茶花綻放其中。
儀式結束，有些人臨走經過章子等人身旁時，竟然還談笑風聲。
眾人心情沉重。
這分沉重彷彿是心照不宣的共識。
原本就已痛心工藤同學之死，而今天這場拙劣儀式上誦經的商人、粗糙的紙花，以及種種不愉快的細節，讓眾人更是替工藤同學感到悲痛不值。
嗚呼，誰能容認在如此情境下與工藤同學永遠告別，那位颯爽不羈的工藤同學！

大家沉默不語，壓抑著無處發洩的憤懣、不快和憂鬱，拖著疲軟無力的雙腿蹣跚而行。大家都有些倦意。

抵達郊外電車站還有一段很長的路。

靜同學和太田同學抱怨說她們累了。

於是，一行人決定找個地方稍作休息。

恰巧路邊有一間小小的奶茶店，又或許是提供便宜西餐（或某種大雜燴？）的店家。

章子鑽過上頭寫著「××軒」、有些髒汙的潮溼門簾，站在店內木地板上。

正面架上擺滿了啤酒和日本酒瓶，旁邊還有一台老式留聲機。

牆上掛著兩三張印著美女圖，貌似和服店廣告的俗氣彩色海報。

店裡有兩、三個女人。

她們花枝招展地披著髒兮兮的廉價圍裙，扭曲的帶子鬆垮垮地在背後打結。

這情景委實出人意料。

章子她們倒不如去郊外野地裡躺著休息更好。

但如今悔之已晚，大家只好小心翼翼坐在東搖西晃的椅子上，瞥了一眼潮溼骯髒的圓桌上散亂的報紙，露出欲哭無淚的表情。

「點什麼？」

一名女子走到圓桌旁，咄咄逼人地問道。

她臉上塗著不均勻的白粉，模樣醜陋、眼神渾濁，像腐敗的鹹魚散發著一股無知。更有甚者，這女子還因為客人同為女性，態度充滿了敵意、自我防衛和傲慢！如果說受詛咒的地獄之獸是女人，必然就是她這種貨色。

店員端來號稱是咖啡，卻有如微溫稀薄陰溝水的飲品，倒在不成對的咖啡杯中，看得章子等人目瞪口呆。

這時，一名士兵穿著彷彿木製的廉價鞋子，咯噔咯噔地走了進來。

他身穿寬大的卡其色軍服，佩戴著一把劍，一身奇異裝扮闖入店裡，在對面的椅子坐了下來。士兵甫進門，兩三個女人便齊聲嚷嚷「歡迎光臨」，搶著迎接。

士兵剛坐定就大聲喊道：「喂，來份咖哩飯！」

士兵從口袋裡掏出一根捲菸，一名女子跑過去劃了根火柴替他點上。

那女子的態度——要說獻媚或賣俏都相去甚遠，女性的獻媚或賣俏應該更優雅動人，帶有婀娜餘韻——而這些女子的態度——即使是狗兒，只要稍有家教，向主人討肉塊時也不會如此粗魯，都比她們更加高雅。

咖哩飯端到士兵面前。

冒著熱氣的米飯盛在缺角的西式餐盤上，士兵猴急地拿起一根鉛製大湯匙，舀一口塞進嘴裡，喉嚨咕嚕一聲，男性獨有的那顆碩大喉部軟骨隆起劇烈滑動，他立即又朝染滿淡黃色液體、堆成小山的米飯舀了一匙，再次塞進嘴裡。那顆軟骨隆起再次向上滑動，湯匙也跟著動作——就像鐵路工人用鏟子鏟起砂礫，隨著士兵喉結上下滑動，盤子裡的咖哩飯也被扔進喉嚨。

「再來一份！」

士兵舀起最後一片馬鈴薯喊道。

女子又端來另一盤咖哩飯。

盤中食物像砂礫般被鏟走，一鏟一鏟消失罄盡。

士兵嗝的一聲用力滑動喉結，放下湯匙，接著舌頭在嘴裡轉了一圈，閉上嘴唇。

他解開鈕釦，從襯衫口袋裡掏出一個口金包喝道：「多少錢？」

士兵將錢放到桌上，同時不忘朝他的大手錶看了一眼。

那張因長期訓練和運動而失去人類皮膚質感，變得如同鋼鐵般紅銅色的臉上，粗野地流露出食欲的滿足和飽食的倦怠——士兵吹著口哨，心情愉悅地大步跨出店門，那雙粗製濫造的鞋子咯噔作響，轉眼間人已消失無蹤。

——那位士兵真真切切地活著——

眾人皆如此認為吧，那位士兵是生命力的象徵——沒有人對他心生不滿或鄙視的念頭。

多虧目睹這名年輕士兵吃掉兩盤咖哩飯揚長而去，先前在寺院裡那股難以忍受的陰鬱情緒，大半已隨風而逝。

大家在這裡獲得預料之外的休息和慰藉後離開，留下圓桌上七只不曾動過的茶杯，裡面蕩漾著陰溝水般的液體。

一行人來到郊外電車站，擠上電車。因為人多，只能站著。

森同學突然慌張地喊：「咦？那不是N先生嗎？妳們看。」

一名瘦削男子戴著陳舊的黑色寬邊軟帽，穿著羊羹色的短斗篷，低頭快步走在月台碎石路上，穿過剪票口離去。從車窗只能看到他的側面和背影——但除了那個大雨天在巢鴨乾貨店二樓畫室見到的男子，這個情況下實在想不出還有誰。

而且，人人都希望那真的是N先生。

這種情緒毫無邏輯，卻仍莫名閃過所有人腦際。

電車駛離郊外，向前疾馳。

七名女孩的同款黑手套在吊環間晃動。

此刻，本該穿著同款黑手套的另一個人，已經永遠離開了她們——想到此一事實的，不僅只有章子而已。

所有人都默然垂首。

同時，人人眼裡泛著淚光。

在那座寺院令人不快的愚蠢儀式上，這七名女孩沒能從心底真正哀悼她們心愛的朋友，而今在這行駛中的電車裡，她們的淚水打從心底流出，落在黑手套上，為友人之死默哀。

五

YWA住宿生的郵件一向放在食堂的大餐桌上。

用餐時，大家會從中找出自己的郵件。

章子經常從散落一桌的書信和明信片裡發現寄給秋津同學的漂亮信封，幫忙拿給她。

秋津同學這人對於寄給自己的信件，沒有平常人會有的喜悅、期待或憧憬。其他人只要看見桌上放著一兩封郵件，即使知道大概不是自己的，也有些人仍會拿起來端詳，非得看清楚真的不是自己的，非得確實失望一場才肯罷休。

而如果老爺子、大娘、女傭、舍監或其他人偶爾在大家用餐時拿來一大疊郵件，眾人會放下筷子歡呼，爭相起身查看：

「有我的嗎？快看看，有我的嗎？」

場面熱鬧非凡。

這種時候，秋津同學卻是異常冷淡。

除非有人把信件遞來，否則她絕對不會主動伸手去取。

「秋津同學，這是妳的信呵。」

如果沒有這種愛管閒事的遞信小幫手，秋津同學的信可能會在食堂餐桌放上好多好多天。

幸好宿舍有很多這種喜歡幫別人拿信的親切小幫手。

章子也算是其中一人吧。

初春開始，幾乎每天都會有秋津同學的信，有時甚至一天會緊接著寄來兩封。

有時是淡藍底印著白色蘭花圖案的雅致信封，有時是淡粉色染上小朵櫻花圖案的信封，有時則是白色雁皮和紙上撒著銀箔雪霰的高貴信封。

儘管信封變化萬千，信封正面的優雅淡墨文字和背面的署名「××伴絹子」始終不變，都是柔和細膩的筆跡。

每次有信件寄來，章子都會小心翼翼地捧給秋津同學。

每天在食堂發現這些信封，章子內心總會莫名激動。

把信遞給秋津同學時，章子都得強迫自己裝出一副平靜的模樣。

……啊，我果然是悲慘可憐的奧賽羅……章子暗自嘆息，黯然神傷。

秋津同學在章子身邊時，從不打開伴夫人的信件。

她只是收下擱在一旁，或者匆匆起身離開——

章子曾見過秋津同學在樓下晒衣場那個露台上，專注地閱讀一封長信。

她亦曾在樓下大廳的鋼琴旁，瞥見秋津同學藏身暗處，目光如飛蛾撲火般牢牢黏在信紙上。

每次秋津同學讀伴夫人的信，臉上便浮現憂鬱之色——不知不覺間，秋津同學變成了鉛一般沉重憂鬱的女子。

這種變化就像在酒精燈的火焰下，溫度計裡的水銀柱急速攀升那般明顯，清晰地映入章子眼簾，烙印在她心底。

秋津同學與伴夫人的兩人世界，章子終究無從窺探——章子與伴夫人之間，橫亙著難以跨越的重重城牆與深壑。

兩人僅僅一面之緣——章子是平民所生的孤女，而伴夫人既是富豪愛女，又是男爵夫人——兩者差異不啻天淵。然而，秋津同學與伴夫人之間，卻有一道橋梁相通，她們都在富裕家庭中成長，並且同樣就讀華麗高貴的女學校——即便畢業後，她們仍保持聯繫——她們是她們，章子是章子，無法相提並論，這是無可改變的現實。

某件事情正在秋津同學與伴夫人之間醞釀，秋津同學日益憂鬱，而伴夫人的信件又可恨地加劇了這種憂鬱——話雖如此，那終歸是她們倆之間的事情，並非第三者所能置喙。因此，對於秋津同學日益加劇的憂鬱，章子除了袖手旁觀，別無他法。

天吶！這生不如死的痛苦旁觀！

此等殘酷的磨難——猶如聽聞自己的孩子躺在手術台上，偏偏母親只能在旁目睹醫生用冰冷的手術刀施術，卻無能為力的心靈劫難！然而，那又比得上章子的遭遇嗎？不，章子承受的痛苦更甚於此，更加殘酷。

母親再怎麼心如刀割，始終能抱持一絲希望，相信那些痛苦是為了換得孩子身體健康的代價，因此母親的痛苦終將獲得回報，是懷抱希望的受難。

相較之下，章子的處境卻是純然的闇黑痛苦，是無法獲得救贖的心靈浩劫。章子感到秋津同學逐漸遠離自己，走向伴夫人的世界。

秋津同學的行為，清楚地證明了這一點。

秋津同學以往對章子那種無限溫柔甜蜜的情意，如今已蕩然無存。

無論如何，章子已然失去了在秋津同學心中的特殊地位。

旁觀者的苦惱綿綿無絕期，可憐章子一顆心支離破碎，裂成千千萬萬片。

那一天，又有一封從╳╳寄給秋津同學的信。

章子這陣子已不再扮演替秋津同學拿信的悲慘角色，就只是淪為一名苦惱的旁觀者，默默注視著桌上的信件。

此時的秋津同學對於來自╳╳的信件則產生了異樣的熱情，開始主動在桌上搜尋。

章子依然只能袖手旁觀。

那封以優雅淡墨書寫的信，章子幾乎可以在腦海中拼湊出字字句句，鮮明的想像令她全身麻痺。

章子將自身如火般強烈的可悲愛欲結晶打碎，重新鑲嵌在伴夫人的字句中——

她以妙手偶得的敏銳想像力，在虛空中讀著伴夫人的信件：

……雖然被迫嫁人，但我的心只屬於妳——章子在腦海中描繪這句話，心跳加速。

……即使進入人妻國度，我的心也只獻給妳一人——章子銀牙緊咬，用自己幻想出來的文字刺激自我，激動萬分。

……丈夫！丈夫又如何？他於我毫無意義，我已在逝去的少女歲月獲得妳這位永遠的戀人……再怎麼雄壯威武的異性、無論他多麼熱情，都無法奪走我的一顆心——章子的呼吸熾熱如火——在進入人妻國度前，我登門造訪只為依偎在妳胸前流淚，卻未能見上一面……只能託人送上這寄託我生命的小玩偶——章子淚如泉湧，溢滿眼眶和喉嚨——

章子陷入瘋狂，無法自持。

秋津同學逐漸遠離——章子坐立難安，再也忍受不了這種旁觀的煎熬，必須有所行動。

寂寥的早春黃昏——章子有如失了魂的瘋癲女孩，悶不吭聲地在藍色房間發愣——秋津同學坐在黑檀桌的另一側——只見她明眸暗淡，神色憂鬱，一雙眼不知何時就這麼怔怔望著桌上的小玩偶——雪白柔荑伸向桌面，將可愛的紅色和服玩偶抱入懷中……

可憐章子這位旁觀者，一雙眼心灰意冷，仍不住地偷覷對方——同時，努力忍住不讓湧出的熱淚落下——

這天秋津同學不在，只有玩偶在桌上——章子像秋津同學那樣坐在桌子另一側，凝視著玩偶。

秋津同學對這尊玩偶——究竟有著什麼樣的感情？那是何等溫柔美好的情意？章子想到此處，再也無法正視玩偶——她伸出手，正如秋津同學先前那般，打算拿起玩偶抱入懷中——她雖然從桌上拿起了玩偶，可要抱入懷中時，卻驀然湧起一股強烈的憎恨——這東西！就是這樣在秋津同學的懷裡撒嬌！

章子猛地將玩偶扔到榻榻米上。

「笨蛋！滾開！」

她這般嘶吼，怒視玩偶。

玩偶在榻榻米上翻滾了兩三尺遠，妹妹頭亂成一團，紅色和服下襬掀起——章子想起粗工們常說的「死好」，感到自己心底某處當下迸出這個字眼——章子對語言學一竅不通，但不管怎樣，她覺得這些粗工創造的單字，充分詮釋出人類某種微妙的情緒，堪稱音律詩人。

當心靈角落萌生這個字眼的情緒，章子便像注射了某種藥物。

衝動之下她再次伸手，或著該說用整條胳膊的力量拽起玩偶。面對這個不足五寸的泥娃娃，章子卻隱隱將它視為一個活生生的人——因此，當章子想要再次以暴虐掌控這尊先前扔在榻榻米上的人形玩偶，她從肩膀運勁，使盡整條臂膀的力量將它拉起，惡狠狠地瞪視這尊不再是玩偶的玩偶。

章子全身上下都完美體現了人類殘酷天性的演化史，如果把她帶到大學的心理實驗室，或許會有些研究價值——

「你這混蛋！」

章子將人形玩偶的胳膊……用力一扭，只聽喀嚓一聲脆響——章子的手——指尖只剩下一條白色胳膊。章子的神經受到極大刺激，一陣如細細鋼絲顫動般的冰冷戰慄沿著脊骨竄過，胸中湧起如熾熱鉛彈般沉重而紊亂的心跳。啪嗒……啪嗒……這聲音在章子耳邊迴響——那是從她手中握著的白色胳膊上滴落的鮮血……

章子感到玩偶那蓬亂的黑色短髮下，射來一雙悲傷怨恨的眼神——殘暴之火再次受到煽動，在章子體內燃燒起來。她傾盡全身力量，激發所有意志，活似要殲滅眼前一個活生生的人類——章子感到自己雙手此刻已是血跡斑斑，她大口喘氣，猶如一頭野獸撲了上去——

六

屋簷落下的雨滴夥伴——

「我……好寂寞。」

「我也是……」

一滴雨與鄰近的另一滴融合，凝聚成一顆更大的水珠。

水珠緊緊相擁，最終啪嗒一聲墜地，被土壤吸收消散。

屋簷雨滴若是兩廂情願，便攜手墜地，直至化為虛無。

水銀滴卻不然。

那美麗的銀色水珠晃晃蕩蕩，倏地合二為一，滾動搖擺，然後在某個瞬間，忽又分離成原本的兩滴，恍若素不相識，繼續各自顫悠悠地晃蕩。

水銀滴薄情、輕浮又美得令人咬牙切齒——

章子原以為她和秋津同學如屋簷雨滴般形影相依，殊不知，她們其實是一對水銀滴，絕望哀傷的水銀滴。

不知不覺間，章子與秋津同學不再交談，又住回各自的房間去了。

章子一如初來乍到，獨自一人待在閣樓的三角形房間。

幾天後，考試開始了。

所有林林總總的筆記內容都得牢記在心，這比登天還難，章子的記憶力根本應付不來。更何況她的筆記沒有一本是有條理的，委實無從下手。

失去秋津同學的章子，宛如可憐的溺水者又失去唯一一根稻草，她也不知自己會漂向何方、沉在何處。

這世間究竟為何存在這麼多的事物？章子覺得很不可思議，茫然環顧周遭萬象，對人世間紛紜雜沓的生活狀態迷惑不解。

建築矗立，人群熙攘，樹木滋生，河水流淌，狗吠叫，雲漂浮——到底為什麼存在這麼多紊亂無序的東西呢？一切令她困惑不已。世間事物再多，亦與章子毫無關聯。對她而言，自從失去了秋津同學——那個在全世界、在這地球上與自己有著最深厚密切關聯的人——其他一切事物又如何？一點意義也沒有，不過是讓她更加寂寞罷了。

空虛——悲哀、憂傷、絕望的空虛，它就是這世界的另一個名字，注定是地球的別名。

章子泫然欲泣，在這片空虛中踉蹌而行，踽踽徘徊。

學校打來好幾通電話——這個與章子毫無關聯的存在，一大早就生拖死拽，把精神恍惚、逃避考試的少女從ＹＷＡ閣樓的藍色房間裡拖了出來。

於是，章子在考試開始後，渾似從地獄深淵爬出來的影子，面無血色地走上九段坂。

章子想起，某次在這條路上遇見兩名外國婦人迎面走來。

其中一人突然叫住章子，親切地用英語寒暄。

那是身穿草色大衣的Ｖ小姐，只見她俏皮地微微揚起倒三角形下巴，露出孩子般天真無邪的笑容。

章子勉強擠出一個寂寞的微笑。

她們擦肩而過後，Ｖ小姐還繼續對她說了些什麼。

章子沒精打采地回頭一看，Ｖ小姐正邊走下坡邊回頭，發出開朗的笑聲，高高舉起一隻手揮舞。

章子深深一鞠躬——雖說這位熱情體貼的外國婦人如此友善，這也已經是她所能做的最好回禮了。

千里迢迢來到異國，在路邊自在流露開朗愉悅的態度，這位外國婦人充滿了強大奔放的生命力——因為兩人之間的人性差異過於懸殊，章子甚至無法生出欣羨之心。

直到電車出現為止，章子一直背靠著車站旁的電線杆，面色如土。

七

章子必須重考。

校長R小姐把章子喚來說道：

「瀧本同學，這次考試妳沒有發揮出實力，對於一個沒有盡全力的人，我無法評分。請妳再考一次，這次務必把實力發揮出來……」

在美國大學讀過書的人，說話果然十分巧妙，將「妳是個懶惰的學生」這句話改為「妳沒有盡全力」。對章子而言，眼下的問題並非她有沒有盡全力。那個關鍵的「力量」根本就不存在於章子體內，她實在無能為力。

章子只能以蚯蚓哭泣般微弱的聲音，囁囁嚅嚅、斷斷續續地表達自己「心有餘而力不足——」，但終究說不過、辯不贏R小姐的三寸不爛之舌，結果除了音樂和繪畫之外，其他科目都得再考一次。

只要是不涉及記憶力的科目，章子都欣然接受，再怎樣都能全力一搏——然而，繪畫科目裡有一門日本美術史讓她大感頭疼，需要列舉什麼時代出現什麼流派？誰是始祖？又是誰承繼了該流派等等，全都是需要死記硬背的內容。

她又得再次面對大量無聊透頂的背誦測驗。R小姐在話語中隱約透露不重考的話，目前的分數無法讓章子及格。章子自己並不在意及格與否，反正她也沒有實力。可是，舅舅已經替她繳了一整年的學費——想到這一點，她就不得不接受現實。

章子低頭屈服，黯然接受重考這項懲罰。

所有同學都在享受期末考後的假期時，章子一個人帶著鉛筆和紙張前往學校。老師們每天都為她準備不同的考題，沒有一個人不慎重複上次考試的題目，讓她覺得老師們可真是一群壞心腸的人。話雖如此，章子仍然堅持到最後——在畢業典禮前兩天完成了最後的重考。

R小姐對章子說：

「妳做得很好，一個人只要有勇氣，瞧，任何事情都能夠完成吧。」

她笑著接過章子的試卷。

章子很是疑惑。

因為缺乏勇氣，章子才甘願接受如此討厭的重考。她腦子裡要是有那麼一絲勇氣，才不會接受重考這個鬼東西，肯定早就一腳踢開學校，去做些更有意義的事情了——R小姐的讚美怎麼說都是大錯特錯。

被釋放者的喜悅——

宛如受刑人重獲新生，就連泥人偶般的章子也為之心花怒放。

然而，這分喜悅卻是何等悲哀！被迫記憶大量資訊，彷彿將筆記裡的文字如石塊或灰燼般強行塞進腦海，章子生而為人的些許活力生氣都因此蕩然無存，全身細胞的原生質變得如小石子般堅硬，血管中的血液猶如冷掉的粗茶般乏味。她的雙眼呆滯如木節，淪為一具只會緩慢呼吸的可憐記憶機器。這些記憶甚至在謄寫到考卷上的瞬間就被章子遺忘——她感覺自己日漸退化至低等動物阿米巴的層級。

「沒有生命的日子。」

啊，正是如此，章子正經歷著這樣的日子。

無論如何，她現在必須從此等毫無生氣的日子中重生。

章子將鉛筆和廢棄的答案紙全數扔進教室角落的垃圾筒，急如風火地離開學校。

她一步一步踩在大地上，好似在細細咀嚼某種山珍海味。

「終於不用再考試了。」

她一邊想著，一邊慢慢前行。

正當章子漫無目地走在路上——

「哇，飛機飛機！」

「飛機來了——」

她聽見路旁孩童興奮地叫喊。

——飛機是飛在天空中的——章子不用想也記得這個簡單的道理，不慌不忙地抬頭仰望天空。

早春的天空中，一塊小板子般的物體正輕盈地飛翔——

飛在天空中的那塊板子上，想必是載著人吧——破空飛行的那人，與此刻站在下方地面的小姑娘自己，兩者有何關聯呢？飛在空中的人滿懷烈焰般的功名心、輝煌榮耀的自豪感、勇於冒險的好奇心和豪情萬丈的意志，熱血澎湃、情緒激昂——遙遙鵠立於地面的章子，沒有一點及得上對方。

天空中的人有他們的世界，地面的章子則有自己的生活與界限——即使在同一個宇宙中呼吸相同的空氣，生活在同一時代、同一國土，各人命運依然毫無瓜葛——章子再次將寂寞的目光從天空轉向地面，一輛汽車鳴著響亮的警笛疾駛而去，車上坐著一名年輕貴婦。唉，這裡亦有在同一時代、同一國土中成長的無緣者，在毫不相干的命運中跟章子失之交臂。兩側與她擦肩而過的每一張臉孔、每一道身影都是如此——都是如此——路人啊，眾生啊，你們與我毫無關聯——章子驀地悲從中來。

這不禁讓她擔心自己是否業已陷入瘋狂——

樹枝垂落在章子頭頂上方，那是櫻花樹的枝椏。九段的神社內，櫻花枝椏已然伸展，飽滿的花蕾點綴其間，唉——就連這些枝椏上的花蕾亦與章子毫無關聯——

章子再也無法抑制內心酸楚，淚水在眼眶中打轉。

章子承受不住這種無處宣洩的情緒。

她猛地一聲大喊：

「笨蛋！」

街上灰色派出所的員警盯著章子。

章子這時首次感到自己與路邊的一名員警產生了聯繫。

噯，可是，這是多麼令人不快的愚蠢聯繫啊！

章子背上感受著那雙鬥牛犬般的視線，快步走下九段坂，結果差點被石頭絆倒，迎面走來的女學生噗嗤一笑。又一次，她與其他人產生了可恨悲慘的聯繫，但對方笑完立刻將她拋在腦後，繼續前行。

八

眼前路途渺渺茫茫，舉目盡是朦朧虛空——章子前方是一片偌大的虛無，空空蕩蕩什麼也沒有。

日復一日，章子凝視著這片虛空。

她幾乎要變成一具木乃伊，日復一日，孤身縮在閣樓藍色小房間的角落。

就這樣過了好幾天，又或者好幾個星期。

這天，矢野同學來訪。她先敲了隔壁房間的門好一陣子，但無人應門，於是又來敲章子的門。秋津同學的拖鞋必然是整整齊齊地擺在她房門前——

矢野同學在章子這裡也沒得到任何回應，她猶豫半晌，繼而發出圓潤飽滿的聲音：

「到底怎麼了呢？」

可是，兩個房間都沒有任何回答或反應，最後她就像顆小皮球一般，咕咚咕咚地下樓去了。

章子茫然地想——隔壁房間也有人在做木乃伊的修行嗎？

不多時，靜同學走上閣樓。章子總覺得靜同學這人既像凝結的髮蠟，又似水芋那般黏糊糊的。

這人從不敲門，只要看到門前擺著拖鞋，就大剌剌地長驅直入，渾如一頭野牛。

她笨手笨腳地闖進隔壁城堡。

美麗的木乃伊在做什麼呢——

藤椅吱呀一聲輕響——聽來秋津同學正在那張藤椅上睡覺——章子某部分的神經不由

自主地繃緊。

「秋津同學——櫻花正盛開呢——」

靜同學發出水芋壓扁般黏糊糊的聲音。

章子莫名怒上心頭。

正如她討厭水芋，她也非常討厭靜同學——牧師可能會憤怒質問：「人憑什麼有權利討厭別人？」但這股厭惡之情無論如何都沒辦法消除，沒有任何理由，就是討厭得不得了。

章子無論如何就是討厭靜同學。

藤椅再次發出吱呀一聲悶響。

……章子的神經更加焦躁……她覺得那一定是靜同學那顆水芋，用她那芋頭般笨重的身軀壓在藤椅邊緣。

該怎麼辦才好？章子無法忍受此等情況——

章子臉色煞白，像猛獸一樣喘息，準備撲向獵物。

之後又過了一會兒，有人打開章子的房門。

只見靜同學大搖大擺地走進房間。

章子不知該如何喝斥這無禮的蠢材。

厚顏無恥的芋頭人如入無人之境，完全無視縮在一角的章子。

她彎下芋頭般的身軀，打開壁櫥。

靜同學在壁櫥裡翻找了好一陣子，最後抽出一條柔軟如雪的白毛毯，接著又拿出一個純白羽絨枕——這兩樣東西都是秋津同學所有。儘管兩人現已分居不同房間，但章子的房間曾是她們共用的臥室，因此還留有不少秋津同學的物品，就這樣擱著沒動。

章子心想——一定是秋津同學派這個芋頭人來取她急需的東西。

靜同學將這兩樣物品像寶物般抱在懷裡，瞥也不瞥章子一眼，逕自走出房間。

章子一雙異於常人的大眼睛惡狠狠地瞪視對方，偏偏靜同學這顆人形芋頭渾然不覺，泰然自若、理所當然、笨手笨腳地揚長而去。

那一刻，章子全身寥寥無幾的貧乏熱血，一股腦兒逆流衝向腦門。

她砰的一聲推開房門，藍色門板如濺開的浪花劇烈顫動，朝木板牆上的柱子撞去。

章子業已衝出門外——又猛撲向另一扇藍色木門

不到五秒鐘的時間，兩扇相鄰的房門接連被撞開。

門內是分別數日，不，恐怕是如隔三十秋不見的房間。

對面木板牆邊的藤椅上躺著秋津同學，沉睡中的臉龐蒼白而憂鬱。靜同學站在一旁，手裡捧著白色的柔軟毛毯和羽絨枕。

章子飛快走到靜同學身側。

章子口乾舌燥如火燒，腰肢撲簌簌顫抖，雙肩一陣陣痙攣。

下一秒，章子的一隻手狠狠用力一掄——啪的一聲重重打在靜同學的臉頰上。

……………！！

靜同學驚聲尖叫，隨後嚎啕大哭，聲音淒厲，慘不忍聞。

秋津同學從藤椅上撐起疲憊的身子，試圖阻擋章子狂暴的手臂——而被打的芋頭女則一路鬼哭神嚎地奔下樓，向舍監告狀去了。

章子的手臂不斷地、一遍又一遍地揮舞，粉拳落在秋津同學柔軟的胸脯和肩上。秋津同學的明眸一瞬不瞬地靜靜望著章子，任由她發洩。

章子感到口渴異常——雙頰灼熱如火，喉嚨乾渴難耐——這個脆弱不堪的暴君痛苦地喘著粗氣——章子一邊捶打秋津同學，一邊哀求道：「請妳回頭看看我……沒有妳，我就活不下去……請再一次、再一次憐憫我，就這一次、現在，就這一次……請妳、請妳回頭看看我……」哭天搶地的淚水中，章子猶如熊熊燃燒的一團火，上氣不接下氣地捶打心上人。

啊啊，有誰在哀求時不雙膝跪地，反倒掄起拳頭呢？

然而章子偏偏掄起拳頭，卻又苦苦哀求，天吶，這是何等心痛悲傷而瘋狂的哀求啊！

九

舍監命令章子退宿，

要求她在明天之前搬出閣樓的小房間。

章子口乾舌燥、全身發燙、悶熱不堪，而且周身關節疼痛不已。

她匍匐在地，從壁櫥拖出那只舊木箱，將東西胡亂塞入，身體和雙手直打哆嗦。

若是自己動作稍慢，難保舍監不會採取強硬措施——章子在這種恐懼之下，只得強忍關節疼痛，哆哆嗦嗦地趴在地上，拚命將被褥一類物事拖出壁櫥，像滾雪人般打包凹凸不平的行李——

房門冷不防打開——她以為是舍監來催促她離開，原本就已面無血色的章子，此時只盼自己能憑空消失，心臟怦怦直跳，不顧一切地用細繩一圈圈捆綁行李。

「瀧本同學……」

……悲傷而溫柔的聲音響起——

隨後，一雙柔若無骨的玉手輕輕放在章子顫顫巍巍的肩膀上。

是秋津同學——原來是秋津同學——

白色亞麻睡衣無風自動，但見她低身挨近章子身邊，不盈一握的腰肢直似要折斷一般——

「……妳要去哪裡？」

悲傷而溫柔的聲音……如此說完，秋津同學潸然淚下……宛若美麗水晶的淚珠，不斷滑落皓白落寞的臉頰——

章子慌亂地收拾行李，活像身後有狼群在追趕自己，但其實她並不知道該往哪裡去——

直到秋津同學問她，章子才猛然驚覺此事，不由得一愣。一旦離開這裡，又有哪裡可以讓自己安置這些行李？在這廣大遼闊的城市裡，章子無處容身。

她只是因為極度害怕舍監，才如此驚慌失措地收拾行李，瑟瑟發抖不止——

「……瀧本同學……妳去哪裡，我也……我也跟妳一起去……」

秋津同學如此說完，又落下淚來。

夜幕既已降臨。

柔美的古銀色月光自高處小窗淡淡流瀉，在閣樓的藍色房間灑落一地。

章子在那微弱的月光中，凝望伏在自己眼前的美麗斯芬克斯02，發出灼熱的嘆息。

「我……我沒有地方可去……」

章子好不容易擠出這個答案。

「…………」

秋津同學望向章子，雙眸浮著瀅瀅淚光。

月光靜靜流淌……

「……我漫無目的地活著……」

章子如此說道。

「我也是……我這一生也沒有目標……」

秋津同學這般回應——

月光輕輕柔柔地籠罩著兩名淚眼婆娑的少女，影影綽綽如淡淡青煙……

「……妳沒有給人生設定目標……我也沒有任何目標……漫無目的、孤單脆弱的我們，就讓我們一起活下去吧——」

秋津同學提議。

章子一雙大眼睜得偌大，向秋津同學投以疑惑的目光，其中好似——好似蘊含著什麼——

蕙質蘭心的秋津同學立刻看透章子心中的疑慮。

「……唔，妳在擔心那位伴夫人……對吧？就是她嗎？那位伴夫人不是已經結婚了嗎？是，我們是從小認識的朋友……關於伴夫人和我之間的事，我保證以後會好好跟妳說清楚，妳一定會明白的……她是個可憐人……」

秋津同學緊張地連聲解釋。

然而——然而，章子卻淚眼汪汪地搖頭再三。她依然覺得自己像一隻被趕出屋簷的可憐流浪狗，只能獨自個浪跡天涯。即便回到鄉下舅舅家，當針線女工了此餘生亦無所謂，反正她已經決定要過漫無目的、沒有伴侶的空虛人生——

恍惚間章子湧起這般決心。

「……請不要拒絕我……求求妳了……現在如果與妳分離，我該如何是好……」

秋津同學偎著章子，哀聲哭泣。

流淚的美麗斯芬克斯，迷惑世世代代的人類——章子也不知該如何解開斯芬克斯的眼淚謎語。

「請妳不要可憐我……這是我自己心甘情願的決定……」

章子想起了家鄉的一則故事：一位鐵匠家的美麗女兒，慘遭拉貨車夫凌辱。鐵匠怒不可遏，用工坊燒得火紅的鐵棒毆打那名車夫，結果車夫成了殘廢——為了道義責任云云，女孩嫁給了車夫。當地報紙用三個版面報導此事，以斗大標題稱她為現代女性楷模。鎮上實科女學校03禮堂內，校長花了整整一個鐘頭大肆讚揚女孩的人品，那間鐵匠鋪門前一時萬頭攢動。

章子渾身顫慄，只怕秋津同學把她當成那名被鐵棒毆打的車夫。

「……妳什麼都不知道……真的不知道……」

秋津同學痛苦萬狀，嚶嚶哭泣。

「我確實什麼都不知道。」

章子意有所指地輕聲應道。

「…………」

秋津同學痛心地瞪著章子良久，強忍住眼眶中打轉的淚水。

她搖搖晃晃地站起身。

就這麼走出房間。

——妳已經盡了「道義責任」——一個狡滑的小惡魔在章子的膝上跳舞，目送秋津同學離去。

然而，小惡魔隨即落荒而逃——秋津同學竟又走回房間，月光淡淡照在她臉上，顯得格外楚楚可憐。

她懷裡抱著一大疊信件。

秋津同學當著章子面前從那疊信中挑出一封、兩封、三封，再從其中一個信封抽出裡頭的信紙，章子只消看一眼信封上的字跡便已認出——那正是伴夫人所寫、近來一直折磨著她的信。

秋津同學微微發顫，在月光下窸窸窣窣打開一封信，嘴唇翕動，喃喃念著：「絹子同學，請原諒我。」秋津同學的淚水滴落在信紙上。此時，章子既已擺脫惡魔糾纏，心如潮湧，情難自禁——

「……請妳讀讀這封信……日後我們再一起向伴夫人道歉吧……」

秋津同學悲痛地哽咽說完，將信紙在章子面前攤開。

首先映入眼簾的是墨跡暈染的大字。

「…………讓我們一同赴死吧…………」

章子頭部砰的一聲如遭重擊，眼冒金星。

「……這果然是最好的決定……不過一個人實在太寂寞了……如果可以，我想跟環同學一起死……但這大概是不行的吧……因為環同學曾經說過，人世間有一個讓妳割捨不下的人──」

一個自己從未窺探過的神祕世界出其不意地在眼前展開，章子心跳大亂──

那位美麗的貴族夫人，為何非得走上絕路不可？為何那位年輕夫人認為自我了斷是最好的一條路？

章子難以置信，甚至忘了呼吸──擺在眼前的另外兩封信她已不忍再讀──章子惶惶無措。

現在知道自己錯得有多離譜嗎？秋津同學的眼神如此責備，章子羞愧低頭，深刻意識到自己的靈魂何等粗鄙。

「……瀧本同學，伴同學是個可憐人，認為除了一死，別無他法……她大概跟我一樣，天生就是個容易想太多的不幸女孩吧……那些問題沒人能懂，也無人明白。可是，明明可以若無其事地活下去，偏偏我們兩個如果沒把問題搞清楚，就連一分鐘也無法忍受，甚至連動動手指都覺得厭煩。這樣是不是太任性了呢？有時我也會這樣責備自己，但畢竟無法改變……我們的煩惱對別人來說真的是無關緊要的芝麻小事。我問妳，為什麼我們會來到這個世界？到底是來做什麼的？這兩個問題對我們來說始終百思不得其解，這兩個『Why』，不斷折磨著我們兩人——伴同學和我——然後，儘管不得其解，她終歸是被迫結了婚，是吧？嫁入伴家之後的生活，與她的心境背道而馳，她的心靈被無情摧毀……而那兩個『Why』也日日夜夜無情啃噬著她……為了擺脫困境，她唯一能想到的辦法只有自我了斷……她就是這麼想的……儘管外表那般嬌弱溫柔，內心卻似一條繃緊的銀絲，因此……一旦下定決心，家庭丈夫皆可拋去，她就這樣貫徹自我信念，然後微笑離去……前些日子我接到電報去見她時，她也說了：『如果環同學願意跟我一起死，現在就可以一起躍入那片大海。』妳看，我們從小至大，情同姐妹，過著沒有目標、不明所以的生活，她在成為人妻後依然深深為此所苦，內心忍無可忍之下，才想跟我一起跳海輕生、到深山尋死、或者服毒自盡……可是、可是……瀧本同學……我心裡實在放不下妳……我歷經百般煎熬。那幾天，我們各自在兩個不同的房間裡，我終日愁腸九轉……不過，瀧本同學，就在今晚……我終於明白了，我無論如何都要跟妳一起走……」

秋津同學沉痛的話聲到此打住，低頭強忍眼裡的淚水。

人生中那深不見底的「Why」，即便是被父親強迫交到丈夫手中，這分苦惱終究將美麗佳人推向死亡——

「我曾想，如果能給伴同學一段刻骨銘心的愛情該有多好……不，那個人絕對無法談戀愛的……即使她那麼美麗溫柔，若偶然間動了心，也會因為冷血無情的『Why』不斷在耳邊低語，而讓一切化為泡影……因此她當然就步入那樣的婚姻，最終選擇了死亡。拋棄自身擁有的一切，貫徹自我意志而自我了結，這恰恰是她首次展現出深藏已久的強烈『自我』，也終於讓她暢快解脫……她一直在等待那一天的到來……」

那位閉月羞花的年輕夫人，心中燃燒著烈火般強大堅毅的「自我」——那位貴族公主，長期以來壓抑並隱藏「自我」，在人生最後一天展現瑰麗的「自我」烈焰，甘願倒在自己的劍下——「自我」的勝利在生命終結之日綻放藍色火焰——伴夫人等待著那一天，活在××的蒼穹之下——在這位年輕夫人的「自我」面前，丈夫和父親不再具有任何權威——她該是神清氣爽、豁達開朗地戴上「自我」的王冠，含笑離去吧——啊啊，「自我」——

章子肅然起敬，正襟危坐。

「那位伴同學胸中燃燒的銀絃烈焰，即便微小或有所不同，應該也存在於妳我心中——」

秋津同學凜然說道。

章子亦能擁有所謂的「自我」嗎？不，她本來就擁有嗎？

章子無力垂首。

躲回舅舅家，一輩子窩在鄉下當個針線女工——一想到這種自我欺騙的謊言人生，章子的「自我」便哭得死去活來，好想緊緊扒著秋津同學的腳踝活下去——章子終於承認了自己內心深處的火焰。

她並非渾渾噩噩，而是一個「自我」比任何人都更加頑強蓬勃的女孩吧？

工藤同學生前也是一位盡情展現「自我」的人——只可惜死後那場儀式並未呈現出工藤同學的「自我」，她生前實為一名奮力拍打「自我」羽翼的女孩——

秋津同學呢？

章子呢？

面對世人對「自我」的打壓，人類難道只能低聲下氣、委曲求全嗎？縱使受盡苦難，是否也應堅守「自我」，絕不讓步地朝「自我」之路邁進？不管是多麼微不足道的「自我」，是否都應該一直守護並培育這分天賦？

「沒有自我的地方，又何來個體的生命？不，絕無可能——」

秋津同學斬釘截鐵地說。

「瀧本同學，讓我們成為堅強的女性吧。如果他們要我們離開這個閣樓，那我們今天或明天就走。天下之大，何患無處容身——對吧？無論如何，我們已經一起努力走到這一步，從現在開始，我們就以這裡為起點，堅強地活下去吧。即使違背世俗規範、違反人之常道，那又如何？我們的生活方式是僅屬於我們兩人的人生道路，我們一定有我們該走的路。讓我們一起追尋我們兩人的命運、探索屬於我們自己的道路吧——從現在開始——」

秋津同學澄徹平靜的眼眸在這一刻，哦，就在這一刻，首次綻放出耀眼火光——

蒼白的臉頰驀然間泛起玫瑰色的血氣——章子被某種強烈無比的力量震懾，渾身發顫——她感覺此刻若不奮起，這一生都無法找到靈魂的歸宿。

降臨在兩名少女身上的命運！

只屬於她們兩人的人生旅程！

從現在開始，她們將共同追尋和探索。

湛藍月光潺潺流進室內。

兩名少女在氤氳月光中抬起四隻眼睛——在那裡，是否有一隻看不見的巨手，正要畫下兩個生命蓄勢待發的「Starting Point」呢？

十

——「我們的閣樓啊。」

讓我們這般親切呼喚它吧——哦呵，這裡確實曾是「我們的閣樓」！

「我們的閣樓啊！」

告別的時刻已然來臨——

閣樓那可愛的藍色三角形小房間裡住著的兩名女孩即將啟程——

命運之手將她們賜予彼此——

而今，兩人為了尋找她們今後的道路，準備離開閣樓的藍色房間——

「我們的閣樓啊。」

再見了！

你這釀造了兩名少女「命運」的美麗酒罈吶。

你這孕育了兩名少女「命運」的藍色搖籃吶！

再見了——

如此這般——秋津環和瀧本章子這兩名少女，在閣樓的藍色牆板留下告別之吻，攜手離去。

為了追尋她們的全新命運！

為了探索她們該走的道路！

譯註01——日本靜岡縣靜岡市的三保松原，詳見作者前書《花物語》〈黃薔薇〉一章。

譯註02——希臘神話中的帶翼獅身女怪，坐在庇比斯城附近的懸崖上，向路人提出謎語。如果路人猜不出答案，斯芬克斯就將他們吃掉。

譯註03——日本舊制女子中等學校之一，以家政、裁縫等實用科目為主。

〔echo〕006

閣樓裡的少女

屋根裏的二處女

作者　吉屋信子
譯者　常純敏

副總編輯　洪源鴻
企劃選編　董秉哲
責任編輯　董秉哲
行銷企劃　二十張出版
封面設計　朱疋
版面構成　adj. 形容詞

出版　二十張出版 ── 遠足文化事業股份有限公司
發行　遠足文化事業股份有限公司（讀書共和國出版集團）
地址　新北市新店區民權路 108 之 3 號 3 樓
電話　02・2218・1417
傳真　02・2218・0727
客服專線　0800・221・029
信箱　akker2022@gmail.com
Facebook　facebook.com/akker.fans
法律顧問　華洋法律事務所 ── 蘇文生律師

製版　中原造像股份有限公司
印刷　中原造像股份有限公司
裝訂　中原造像股份有限公司

出版　二〇二四年八月 ── 初版一刷
定價　四〇〇元

ISBN ── 978・626・7445・33・4（平裝）、978・626・7445・30・3 (ePub)、978・626・7445・29・7 (PDF)

國家圖書館出版品預行編目（CIP）資料：閣樓裡的少女 / 吉屋信子 著／常純敏 譯 ── 初版 ──
新北市：二十張出版 ── 遠足文化事業股份有限公司發行　2024.8　296 面　14.8 × 21 公分 .
ISBN：978・626・7445・33・4（平裝）　861.57　　113007792

AKKER
二十張出版

閣樓裡的少女

やねうらのにしょじょ

吉屋信子
よしやのぶこ
常純敏●譯